隠れ姫いろがたり

―紅紅葉―

深山くのえ

小学館ルルル文庫

純子《いとこ》
三つの時さらわれ、庶民として
育てられた今上帝の第二皇女。
宮中に馴染めず息苦しさを感じて
いる。針仕事と染色が得意。
通称は姫宮。雲隠れの宮。
十五歳。
理登《あやなり》
先々代の帝の第二皇子。
楽器や書の名手であったため
今上帝から純子の教育係を
依頼される。
通称は兵部卿宮。
二十三歳。

花野 はなの
純子と親しい下級女官。
藤原直輔 ふじわらのなおすけ
左大臣の三男で理登の友人。
左近衛府の少将。二十四歳。
望平 もちひら
純子の双子の兄。
通称は松宮《まつのみや》。十五歳。
高倉 たかくら
純子の世話をする
老女房。
隠れ姫いろがたり
—紅《くれない》紅葉《もみじ》—
登場人物紹介

目次

イラスト／あき

隠れ姫いろがたり
―紅紅葉―

真っ暗で何も見えない。

体は激しく揺《ゆ》さぶられているのに、手も足も動かせない。

いつまでこうしていなければならないのだろう。

息をするたび、苦くて甘い香りが、少しずつ少しずつ、胸の底に重くたまっていく。

苦しい。

雨音にまじって聞こえる、ごぉう、ごぉう、というのは、何の音だろう。音。いや、声。獣《けもの》のような。それも違う。わからない。そもそも、雨なんて降っていただろうか。

苦しい。怖《こわ》い――

そのとき、ふいに体が軽くなった。自分を押さえつけていた窮屈《きゅうくつ》なものから解放されて、あえぐように呼吸をした、次の瞬間。

体はごろごろと、何か硬《かた》いものの上を転がっていた。

仰向《あおむ》けになったところで止まり、目を開けると、真っ白な光が視界を覆《おお》う。

まぶしい。でも暗い。月。そうだ、あの丸くて白いものは、月だ。

ざぁざぁと大雨のような音が、周りから絶え間なく聞こえる。でも雨は一滴《いってき》も降っていない。

体が痛い。頭も。転がったときに打ったのだ。

自分は泣いていた。泣けば、誰かが来てくれるはずだった。それなのに誰も来ない。

泣いて、泣いて、泣き疲れて。

頬《ほお》の涙をぬぐった手に、何かを握《にぎ》っていた。お気に入りの人形。月明かりに照らされて、物憂《ものう》げな顔をしている。

人形も、たったひとりでは寂《さび》しいのだ。他の人形はどこへいったのか。

鼻をすすり、ゆっくりと起き上がる。

何故《なぜ》か、体がぐらつく。変に生臭《なまぐさ》いにおいもする。

ざぁざぁという音。

立ち上がろうとしたが、足元が揺れて、また座りこんでしまった。

瞬《また》き。目をこする。

これは何。

右を向いても左を向いても、黒くうねる水。

水だ。揺れている。流れている。黒い水が、白く照らされて。

これは何。いったい何。四方八方から、ざぁざぁと。

怖い。

助けて。

誰か助けて――

目を開けると、刈安色《かりやす》の几帳《きちょう》が見えた。小鳥のさえずりも聞こえる。あれは雀《すずめ》か。

純子《いとこ》は大きく息を吐《は》き、のろのろと体を起こした。

……また、あの夢。

子供のころから、ときどき見る夢だ。でも昔は、こんなにしょっちゅう見ることなんて、なかった。

やっぱり、昼寝《ひるね》なんてするものじゃない。そう思いながら、純子は顔にかかった髪を荒《あら》っぽくかき上げ、後ろに払《はら》いのけた。

髪が伸びてきて、重くて鬱陶《うっとう》しい。もう少し短く――せめて腰くらいの長さで切ってしまいたいのに、ここの人たちは、絶対に切ってはいけないと言って認めてくれない。長い髪は、美人の証《あか》しだからと。

別に、美人にならなくてもいい……とまでは言わないけれど、少々の見た目より、頭が軽くて動きやすいほうが、よほどいいのに。

眉根《まゆね》を寄せつつ、純子が几帳の陰《かげ》から這《は》い出そうとすると、さらさらと上品な衣擦《きぬず》れとともに、何人かの話し声が近づいてくるのが聞こえてきた。純子は慌《あわ》てて、身を伏《ふ》せたまま几帳の裏に引っこむ。

「……それで、結局誰が来るというの？」

「それが、はっきりしなくて……とりあえず、対《たい》の屋《や》に支度を……」

「あら？　雲隠《くもがく》れの宮様は？」

耳に入ってきたその言葉に、純子は息を詰《つ》め、じっと身を硬くした。

雲隠れの宮。ここの女房《にょうぼう》たちは、いつも自分のことを、陰でそう呼んでいる。変な呼び名だ。自分が「雲隠れ」をしていたのは半年前までのことで、いまはこうして、隠れてなんかいないのに。

「雲隠れの宮様なら、お昼寝中よ。――そこで」

「あら、寝ていらしたの。どうりで静かだと思ったわ」

「本当に、寝ていてくれれば静かでいいわね。いつも寝ていてほしいわ」

「でも、そろそろ起こさなくていいのかしら」

「まだ平気よ。いまのうちに向こうの片付けを……」

一度近くで止まった衣擦れの音が再び動き出し、次第《しだい》に遠ざかっていく。

辺りが静かになってから、純子はほっと息を吐いた。

……何よ、寝ていれば静かだって……。

たしかに都へ出てきたばかりのころは、勝手がわからず、屋内でうっかり駆《か》けまわったり、大勢からわけのわからないことを尋《たず》ねられ、混乱して大声を出してしまったりしたこともあった。だが、最近は気をつけているつもりだ。以前のように走ったりはしないし、話す声の大きさだって、ずいぶん気を遣《つか》っている。

それに、少なくとも、寝たふりをしている人にはっきり聞こえるような陰口《かげぐち》を言うようなことは、絶対にしない。

純子は今度こそ立ち上がって、几帳の裏から出た。

御簾《みす》がかさかさと音を立てて揺れ、隙間《すきま》から冷たい風が吹《ふ》きこんでくる。そういえば、もう九月も末だ。これから日増しに寒くなるだろう。

……喉《のど》、渇《かわ》いたな。

台盤所《だいばんどころ》で水をもらおう。そう思って、純子は白の単《ひとえ》と黄色の袿《うちき》、朽葉《くちば》色の小袿の襟《えり》先をまとめて摑《つか》んで引っぱり、足をすっぽり覆っている濃色《こきいろ》の長袴《ながばかま》の裾《すそ》を、蹴《け》り上げるようにして歩きながら、御簾と御簾のあいだを体でこじ開けて広廂《ひろびさし》に出た。

まったく、この何枚も重ねた衣も、足の出ない袴も、動きづらくて仕方がない。

そもそもどうして、一番大きな衣を、一番下に着なくてはならないのか。そうしたほうが、重なった色目が、襟元や袖口《そでぐち》にすべて現れるから、よりいっそう衣が美しく見える――というのは、理屈《りくつ》ではわかる。

だが、美しく見せたければ、一番上に一番良いと思う衣を着ればいいだけの話ではないのか。中から外まで全部良い衣を山ほど着こんでいるのだと、こんなに裾を引きずってまで、主張しなければならないものなのか。こんな格好をしたって、動きづらいうえに、布ももったいないだけではないのか――

「……」

純子は立ち止まり、天を仰《あお》いで額を掻《か》いた。

そういうものなのだ。身分の高いお姫様というものは。

自分で動く必要なんてないから、お金持ちで贅沢《ぜいたく》ができるから、良い布を引きずるほどたっぷりと使った、ただ美しいばかりの衣を何枚も着こんで、平気でいられるのだ。

……本当に、とんでもないところへ来ちゃったなぁ……。

三つのころまで、自分はこんな贅沢な生活をしていたらしい。しかし、そんな幼いころのことは、憶《おぼ》えていない。聞いた話によると、自分はある日突然、親元から姿を消し、十二年ものあいだ行方《ゆくえ》知れずで、生死すらわからない状況だったのだという。

自分が姿を消した経緯《いきさつ》は、自分でもわからないが、育った場所は、自ら土を耕し、水を汲《く》み、一枚の小袖《こそで》をすり切れても着続けるようなところだ。

そんな暮らしが一転したのは、半年前。自分の素性《すじょう》が皇女――いまの帝《みかど》の娘だったとわかって、大和《やまと》国の片田舎《かたいなか》からいきなり都の、それも帝やその妃《きさき》たちが住んでいる宮中に連れていかれてからだ。

本当の両親だという帝と弘徽殿《こきでん》の女御《にょうご》、それに自分の双子《ふたご》の兄らしいが、それほど顔が似ているとは思えない皇子と対面した。

両親も兄も、自分の無事を泣いて喜んでくれた。――最初は。

実際に宮中の弘徽殿なるところで母や兄、大勢の女房たちと一緒《いっしょ》に暮らし始めたものの、女房にへりくだる必要はないとか、建物の外に出てはいけないとか、言葉遣いがなっていないとか――とにかく、何をしても何を言っても、驚かれ、次第に呆《あき》れられて、皆がすっかり失望した目で自分を見るようになるまで、三日とかからなかった。

そして十日目には、とうとう母から、宮中を出て「東四条殿《ひがししじょうどの》」で暮らすようにと命じられた。東四条殿とは、母の実家で、いまは母の兄である右大臣、藤原盛道《ふじわらのもりみち》という人物の邸宅《ていたく》だという。

女房たちがこそこそ喋《しゃべ》っていた話から察すると、どうやら自分があまりにもお姫様らしくないので、他の女御たちの笑い者になっているから、ひとまず別の場所に隠してしまおう。そのうえで、もう少しましな姫君に育てよう——という意図があったらしい。

こうして再会したばかりの親兄弟から十日で離され、いま、東四条殿の西の対で、十数人の女房たちに囲まれながら、十二年間に習得するはずだったあれこれを、学ばされている最中なのだが。

……どうしたって、無理があるんだよね。

これでも自分なりに、言われたことは、必死で覚えようとしている。だが、生まれてから十五年のうちのほとんどを、ただの田舎の小娘として過ごしてきたのだ。どんなに豪華《ごうか》なものに囲まれていても、田舎者には、お姫様暮らしなんて気詰《きづ》まりなだけ。

そうとわかっていれば、あのときこっそり、どこかへ逃げたものを——

いや。

「……そんなこと、できなかったよね」

少し色あせた葉のついた枝を風に大きくしならせている、庭の桜の木を見つめて、純子はぽつりとつぶやいた。

逃げていたら、きっと兄やと姉やが困る。困るだけじゃない。何かおとがめがあったかもしれない。

こうするしかなかったのだ。自分は生まれた場所に戻《もど》り、兄やと姉やは褒美《ほうび》をたくさんもらう。兄やと姉やが喜べば、きっと、じじさんとばばさんも、喜んでくれているはず――

桜の木がぼやけた。

純子はきつく目を閉じ、涙がこぼれそうになるのを抑《おさ》えてから、ひとつ息をつく。毎日毎日、何度同じことを考えたって、何も変わりはしない。泣くことさえ無駄《むだ》なだけだ。

目を開き、顔を上げると、純子はまた歩き出した。廂《ひさし》から簀子《すのこ》に下りて、足にまとわりつく袴と戦いながら、台盤所のほうへと進む。

よく女房たちは、この長い袴でああも静かに、するすると歩けるものだ。何よりもまず、どうすればこんな袴で、うまく歩けるのかを教えてほしいのに、誰に訊《き》いても答えが「姫宮様は歩く必要などございません」ばかりでは、どうしようもない。やはり、慣れるしかないのか。

そんなことを考えつつ、ふと、庭に目を向けたときだった。まだ足取りのおぼつかない、二つか三つかの幼子が一人、遣水《やりみず》の側《そば》で、落ち葉か何かを拾っているのが見えた。

ここの女房たちの中に何人か、小さな子供を育てている者がいたはずだが、あの子も女房の誰かの子供だろうか。

そう思う間に、幼子は意外な速さで、流れる遣水に近づいていく。

「え、ちょっと……」

このままでは危ないと、考えるより先に体が動いていた。

高欄《こうらん》をよじ登って、階《きざはし》を使わずに簀子から飛び降りると、袴に足を取られながらも懸命《けんめい》に走り、幼子が水に浮《う》いた落ち葉をすくおうと、遣水に身を乗り出した、まさにそのとき、転がるように小さな体を抱《だ》き止めた。

土ぼこりが舞《ま》い上がり、勢い余って大きく振《ふ》れた髪の先が、遣水の流れに浸《つ》かる。

大きく目を見開き、きょとんとしていた幼子が、火のついたように泣き出した。

「痛……あー、よしよし、泣かない泣かない……」

純子が幼子を抱いたまま立ち上がると、泣き声を聞きつけたのか、奥にいた女房たちが、次々に顔を出す。

「まぁ……！　姫宮様、何をなさっておいでなのですか、そんなところで……」

「また外に出られたのですかっ?」

「あれほど庭に下りないでくださいと、お願いいたしましたのに——」

泣く子をあやしていた純子は、一斉《いっせい》に非難の声を浴びせられ、女房たちを振り返って、きっと睨《にら》んだ。

「どうして誰もこの子を見てなかったの!? 水に落ちるところだったんだよ!」

「……」

さすがに女房たちは言葉に詰まり、互《たが》いに顔を見合わせる。

だが、すぐに中でも年長の女房が、取り繕《つくろ》うように咳払《せきばら》いをした。

「そのようなときには、姫宮様は、私どもにお知らせくださるだけでよろしいのです。お声をかけていただけましたら、私どもが出ていきますので……」

「だからそんなにのんびりしてたら、この子ここに落ちてたんだってば! あんたたち、呼べばすぐ来るの? 近くに誰もいなかったじゃない!」

強い口調で純子が言い返すと、年長の女房は気まずそうな表情で、若い女房たちを見まわした。

「あの子は誰の子です?」

「……あの、播磨《はりま》さんの……」

「播磨が、今日は弘徽殿に呼ばれているから、帰るまでのあいだ、あの子を見ていてほしいって……」

「頼まれてたのにほっといたの？　呆れた――」

思わず声を張り上げてしまったが、事が事だけに、女房たちも大声をとがめられないようで、黙って首をすくめている。

純子はようやく泣きやんだ幼子の背中を軽く叩《たた》きながら、女房たちをきつい眼差《まなざ》しで見上げた。

「播磨、いつ帰るの」

「……日が暮れる前には戻れるのでは、と……」

「じゃあ、それまでこの子はわたしが見てる」

そう言って純子は子供を抱いたまま、袴を引きずって庭を歩き始める。女房たちは慌《あわ》てて、高欄から身を乗り出してきた。

「姫宮様、お戻りくださいませ……」

「子守くらいできるよ。姉やの子供たちの面倒だって、見てたんだから」

「いけません、お上がりくださいい！　袴が泥《どろ》だらけではありませんか。ああ、御髪《おぐし》も濡《ぬ》れて……」

戻れ上がれと騒《さわ》ぐわりに、女房たちはいっこうに、庭に下りてこようとはしない。自分の袴を汚《よご》してまで、連れ戻そうという気はないようだ。なるほど、これでは子供が水に落ちかけていたとしても、助けには行くまい。やはり女房など当てにせずに、自分で下りてきて正解だった。

純子は女房たちの叫《さけ》びを無視して、ゆっくりと庭を歩きまわる。

機嫌《きげん》が直ったのか、幼子が純子の腕の中で、手足をばたつかせてはしゃいだ。

「どうしたの？　下りたい？　落ち葉拾いたいの？　それじゃ、あっちで……」

「――あなたたち、何をしているのです」

決して大きくはないのによく通る落ち着いた声が、辺りに響《ひび》いた。ざわついていた女房たちが静まりかえる。

振り向くと、五十近いと思われる白髪《しらが》まじりの女房が、簀子の角に立っていた。

この老女房は見たことがある。高倉《たかくら》という名前で、普段は宮中の弘徽殿で女房勤めをしているが、この屋敷の女房も兼《か》ねているとかで、こちらには月に一度、三日か四日滞在《たいざい》しては、また宮中に戻るということを繰《く》り返しているらしかった。

「高倉さん？　どうしてここに……」

「このあいだ帰ってきたばかりなのに……」

女房たちが青い顔で慌て始める。そういえばこの高倉という女房は、いつもきちんとしているぶん他人にも厳しくて、若い女房たちはいつも、高倉が戻ってくる数日を嫌がっていた。

高倉は細い目をさらに細め、女房たちを冷ややかに一瞥《いちべつ》する。

「今日、主上のお使者をお連れすると、先に伝えておきましたよ。お迎《むか》えの支度は、整っているのでしょうね？」

「た、高倉さん。あの、お支度はここではなく、対《たい》の屋《や》のほうに……」

明らかに焦《あせ》った様子の女房に、高倉は微《かす》かに眉根《まゆね》を寄せ、そして庭の純子にちらりと視線を向けた。

「お使者の兵部卿宮《ひょうぶきょうのみや》様は、姫宮様にお会いするためにおいでになられたのです。対の屋では意味がない。すぐにこちらに支度をなさい。それから、姫宮様のお召《め》しかえも」

「――兵部卿宮様!?」

女房たちがどよめき、高倉の眉間《みけん》の皺《しわ》がますます深くなる。

「何ですか。聞いていないのですか。私はたしかに伝えましたよ」

「そ、それは……」

「すみません、すぐに……」

「姫宮様、お上がりくださいませ！　お客様でございますから！」

純子にひと声かけただけで、女房たちがあたふたと散っていく。純子は幼子を抱《かか》えたまま、きょとんとその様子を見ていた。

……姫宮様ってわたしのことだから、わたしにお客さんってことだよね。

その客のことも、何々の宮様と言っていたように聞こえたが。

「姫宮様」

高倉が落ち着いた声で、純子を呼んだ。

「こちらにおいでくださいませ。そこの階からお上がりください」

「いいの？　わたし、泥だらけだけど」

「あとで掃除《そうじ》させます」

「自分でするよ。わたしのせいで汚れるんだし」

「結構なお心がけでございますが、掃除が仕事の者がおりますので、その者たちにお任せくださいませ」

「……じゃあ、お願いします」

こういうとき、姫宮様が掃除なんてとんでもない――という言い方をしない高倉が、純子は嫌いではなかった。

近くの階を上ろうとして、純子はふと、高倉の背後に誰かいるのに気づく。

烏帽子《えぼし》。淡い萌黄《もえぎ》色の直衣《のうし》。

すっきりとした切れ長の目の、涼しげな面差《おもざ》し。すらりとした立ち姿。

……きれい。

とても美しい――初めて見る若い男が、いつのまにか、簀子の端にいた。

高倉が純子の視線に気づき、後ろを振り返る。

「宮様、もうおいでございましたか。申し訳ございませんが、いましばらくお待ちを。伝達が悪く、支度に手間取っておりまして」

「わかった」

ひと言だけ答えた若い男の目は、純子に向けられていた。

宮様、と。いま、高倉はそう呼んでいたか。

腕の中で幼子が、意味をなさない言葉を発して身をよじる。

もう一度高倉に上がってくるよううながされるまで、純子は吸い寄せられるように、若く美しい男を見つめていた。

「こちらは、兵部卿宮様でございます」

幼子を女房に預け、泥だらけになった衣をすべて着替えて、ついでに毛先が濡れた髪にも櫛《くし》を入れられて、純子は先ほどの若い男と対峙《たいじ》していた。

と言っても、純子と男のあいだには几帳《きちょう》が置かれていて、男の姿は几帳のほころびから、萌黄色がわずかに覗《のぞ》くだけである。

純子は、自分の傍《かたわ》らに座っている高倉を見た。

「……ねぇ、高倉。几帳って、姿を見せないためにあるんでしょ？　わたし、さっきお客様には、もう顔を見せてしまってるから、これ、意味がないと思う」

来客を迎える支度をしていた女房たちが、ここに座れ、高貴な女人は殿方《とのがた》に顔を見せるものではないと言い張るので、仕方なく几帳を隔《へだ》てて腰を据《す》えたが、とっくに泥だらけで子供を抱えた姿をさらしているのだ。それも、明るい日の光の下で。

「左様でございますね」

高倉は、意外にあっさりうなずいた。

「宮様の御用《ごよう》を考えましても、几帳は不要です。――誰か、これを片付けなさい」

高倉に命じられ、後ろに控《ひか》えていた女房たちが、困惑《こんわく》気味に几帳を運んでいく。

さえぎるものがなくなり、純子の目の前に、畳《たたみ》に座った萌黄の直衣の美しい男の姿が再び現れた。

やっぱりきれいだ。男の人をきれいだと思ったことなんて、初めてだけれど。

純子はにこりと笑い、こちらも畳に座ったままではあったが、床《ゆか》に手をついて丁寧《ていねい》に頭を下げる。

「はじめまして。わたし、純子といいます」

「ひ……姫宮様！」

途端《とたん》に背後の女房たちから、次々と慌てた声が上がった。

「名を名乗られるなんて……」

「いけません、姫宮様！　ああもう……」

「――静かになさい」

高倉の一喝《いっかつ》で、女房たちはぴたりと黙る。

「おまえたちは口を出さないように。いいですね。――姫宮様、このようなときは、はじめましてだけでよろしいのです。お名前は、滅多《めった》に人に告げるものではございませんので」

「そうなの？　でも、それじゃ、この方がわたしを呼ぶときに困らない？」

「それは兵部卿宮様も、私どもと同じように、姫宮様と」

「……ちょっと、待って？」

純子は首を傾《かし》げ、唇をちょっと尖《とが》らせた。

「みんな、わたしのことを姫宮様って呼ぶでしょ。でも、高倉、いまこの方のことも、えーと……ひょう……何とかの宮様って言わなかった？」

「兵部卿宮様、でございます」

「同じ宮様なの？　その、ひょうぶ、きょうの……って、何のこと？」

「兵部卿は、兵部省という役所の長《おさ》のことでございます。この役職には、皇子にお生まれになられた方が就《つ》かれる場合が多くございますので、そういった方を兵部卿宮様、とお呼びしております」

「皇子っ？」

純子はぱっと若い男に顔を向け、少し身を乗り出した。

「じゃあ、この方、わたしの兄さんね？」

男は年のころ二十三、四に見える。まず十五歳の自分よりは間違いなく年上だろうから、弟ではないはずだ。

「わたしは皇女なのよね？　それでこの方が皇子っていうことは、そうなんでしよ？」

「いいえ、違います」

自分にこんなにきれいな兄がいた——と盛り上がった気持ちは、高倉の否定で一気に沈《しず》んでしまった。

「……違うの？」

「宮様と呼ばれる方は、当代の主上のお子だけではありません。兵部卿宮様は、二代前の帝《みかど》様の皇子でございますので」

「えー……っと……？」

「姫宮様のお祖父《じい》さまのお兄様が、兵部卿宮様のお父様でございます」

「……何となくわかった……と、思う」

つまり、遠い親戚《しんせき》だ。そう考えておけばいいだろう。

「でも、その、ひょう、ぶ……舌嚙《か》みそうだし、何か憶《おぼ》えにくいね」

「難しいとお思いでしたら、宮様とお呼びなさいませ」

「あ、そっか。お役目は変わることもあるけど、皇子なのは変わらないしね。でも、宮様がたくさんいて、ややこしいねぇ」

純子が手を打ってそう言うと、背後から幾《いく》つものため息が聞こえた。呆《あき》れられているらしい。たぶん、兵何とかすら憶えられないのかと、思われているのだろう。

純子は首をすくめ、ちょっと頬《ほお》をふくらませた。

「わかった。言えるようにするから。えーと、兵部、卿……」

「――理登《あやなり》」

純子が言い終えるより先に、低い声が聞こえた。純子は目を瞬《またた》かせ、いま呼び名を言えるようになろうとしていた「宮様」に目を向ける。

「私の諱《いみな》だ。理登という」

「……理、登？」

「兵部卿よりは言いやすいだろう。大勢いてややこしいと思うなら、こちらの名を憶えておけば、区別はつく」

理登と名乗った若い男は、真顔でそう告げた。

そういえば、この「宮様」は、さっきから呆れも笑いもせず、ずっと無表情のままだ。眉《まゆ》ひとつ動かしていない。

純子はその感情の読めない顔を、探《さぐ》るように見つめる。

「名前、言っちゃっていいんですか？　滅多に言ったらいけないんでしょ？」

高倉は特に驚いていない様子だが、後ろの女房《にょうぼう》たちは少しざわついていた。

しかし理登は、無表情のままうなずく。

「名を呼ばれることはほとんどないが、人に知られていないわけでもない。憶えておけば、ややこしいときの区別にはなる。それだけだ」

ということは、区別する必要のないときは、理登という名前ではなく、やはり宮様と呼んでおくのが普通だということだろう。つくづく高貴な人々がいる世界は、複雑で面倒《めんどう》だ。

……でも、この人、いい人だよね。

憶えづらくて言いづらい役職ではなく、わかりやすい名前のほうを教えてくれたのだ。もしかしたら、内心では呆れているのかもしれないが、それを表に出すこともしない。いい人だ。

純子はにこにこと、理登と高倉を交互《こうご》に見る。

「高倉。宮様、いい方ね。とってもきれいだし。わたし、こんなにきれいな人、初めて見た」

「……」

理登が、切れ長の目をわずかに見開いた。表情に、ようやく変化が表れる。

高倉は軽く咳払《せきばら》いをし、小声で純子に告げた。

「姫宮様、お褒《ほ》めになる時には、もう少し言い方を控えめに……」

「え？　そうなの？　どういうふうに？」

「このようなときは、宮様を御覧《ごらん》になってどのように思われたか、歌を詠《よ》んでお伝えするのがよろしいかと……」

「……えー……」

それは無理だ。純子はがっくりと肩を落とす。

「ここ、何でもそうね。簡単なことでも、みんな難しくしちゃうんだから。歌なんて、わたし詠めないよ」

「……歌よりも、まず文字なのだろう」

理登が、低くつぶやいた。さっき表情が動いたのは本当に一瞬だけで、いまはもう、何を考えているのかさっぱりわからない顔に戻《もど》っている。

「左様でございますね。姫宮様は、まだ書ける文字が多くはございませんので……」

高倉が静かに言い、少し目を伏《ふ》しがちにした。

「ですが、それは無理もないことでございまして。まだほんの三つのころに、宇治《うじ》の右府様の別邸《べってい》から、ある晩に突然お姿を消され、それから十二年……。ようやく行方《ゆくえ》は知れましたが、姫宮様は、大和国で、まったくの下々の暮らしをされておいででした。都に戻られて半年は経《た》ちましたが、これまでごくわずかの読み書きしか、覚えておいでではございませんでしたので、手習いなど、一から始めているところでございます」

「そのあたりの事情は、主上より伺《うかが》っている。主上は私に、姫宮に手習いの指導をしてほしいと、御依頼《ごいらい》になられた」

「え……」

理登の言葉に、純子は途惑《とまど》いの表情で高倉を見る。背後の女房たちが、再びざわついた。

「本日、兵部卿宮様がおいでになりましたのは、そのためでございます」

高倉は、もう承知していたようだ。

「……主上って、わたしのお父様よね？」

「はい。主上は皇女としてお生まれになりながら、長きに渡り、相応の生活から遠ざかっておいでてした姫宮様の境遇《きょうぐう》を、たいへん不憫《ふびん》にお思いでいらっしゃいます。これまでは私ども女房たちで、姫宮様が今後御不便なことがございませんよう、手習いや琴《こと》などをお教えしてまいりました。しかし主上は、それでは行き届かぬことも多かろうと、兵部卿宮様にも、姫宮様の御教育を、お頼《たの》みになられたのです。兵部卿宮様は、書の名手としても、数々の楽器の名手としても、世に知られた方でございますので……」

　つまり、田舎《いなか》育ちで何もできない自分を、父親である帝が気の毒に思って、この宮様に、娘をどうにかお姫様らしくしてくれと、頼んだということか。

「そうなの。宮様は、お顔がきれいなだけじゃなくて、字もきれいなのね。……あ、いけない。きれいってそのまま言ったらいけないんだった……」

　ごめんなさい、と言って、純子はちょっと頭を下げたが、理登は特に不快な様子も見せず、ただ女房たちの何度目かわからないため息が聞こえただけだった。

　理登は目だけを動かして辺りをうかがい、少し何か考えこむような素振《そぶ》りをして、それから高倉を見る。

「姫宮の手習いは、どれくらい進んでいる？」

「放ち書きから始めているところでございます」

「様子を見よう。手習いの支度を」

「かしこまりました」

「それと、高倉以外の女房は下がらせておくように」

「なっ――」

そこで声を上げたのは高倉ではなく、後ろにいる女房のうちの一人だった。

「お……お待ちくださいませ。姫宮様は、鄙《ひな》のお育ちとはいえ、れっきとした皇女様でございます。たしかに裳着《もぎ》はまだお済みではございませんが、それでも本来でしたら、お姿をお見せすることもはばかられますのに、それを、お二人だけで手習いなど……いくら兵部卿宮様といえど……」

中でも年長の女房が、叫《さけ》ぶように抗議《こうぎ》する。

だが、理登は相変わらず眉ひとつ動かさずに、淡々《たんたん》と答えた。

「二人だけではない。高倉を控《ひか》えさせる」

「高倉さんは、いつもここにいるわけではございません」

「——私は、しばらくこちらにおりますよ」

冷めた口調で、高倉が若い女房たちに告げる。

「主上直々の御用ですから、私も宮様のお手伝いをさせていただきます」

「……」

純子がそっと振り返り、押し黙《だま》っている女房たちの様子をうかがうと、皆そろって嫌な顔をしていた。

誰それから恋文が来た、誰それが会いたいと言っている、などという話をしているときは、やけにもったいぶった、はっきりしない言葉や態度を好むわりに、こういうことには露骨《ろこつ》な表情を隠《かく》さないのだから、呆れたものだ。

純子は唇を尖《とが》らせて、女房たちを横目で睨《にら》み、理登に向き直る。

「あの。……わたし、本当に字が下手なんですけど」

「手習いを始めたのは、最近だと聞いている。これから上手くなればいい」

始めたばかりなら、下手でもあたりまえだと言ってくれたように思えて、純子は、ほっと安堵《あんど》した。

「よろしく、お願いします」

頭を下げると、理登は返事こそしなかったが、黙ってうなずいた。

高倉が女房たちに、支度するようにと指示を出し、女房たちは渋々《しぶしぶ》といった様子で動き出す。

ほどなく南向きの広廂《ひろびさし》に、文台《ぶんだい》がふたつ並べられ、それぞれに硯箱《すずりばこ》と料紙が用意された。

御簾《みす》越《ご》しに日が差しこみ、廂は部屋の奥よりもあたたかい。この屋敷で飼われている猫が二匹《ひき》、御簾の向こうで丸くなっていた。

女房たちは本当にどこかへ追いやられたようで、辺りは静かだった。

　純子が文台の前に座ると、理登もその横の文台の前に腰を下ろす。高倉は、純子の視界の隅《すみ》に入るか入らないかという、少し離れたところに控えていた。

「――これまでの手習いは、残してあるのか？」

「え？　……あ、はい。全部じゃないですけど……」

　純子は硯箱の蓋《ふた》を開け、最近書いたものを数枚、取り出した。

　理登が手を伸ばし、そのうちの一枚を引き抜《ぬ》く。萌黄《もえぎ》色の直衣《のうし》の袖《そで》が動き、軽やかで清々《すがすが》しい香りが、鼻先をくすぐった。

「……『菊花《きっか》』？」

　尋《たず》ねたつもりもなく、独り言のようにつぶやくと、理登がまた、少し目を見開いた。

「薫物《たきもの》はわかるのか」

「えっ？　あ、わかる……っていうほどじゃないんですけど……」

　純子は慌《あわ》てて、両手を振る。

「ちょっと気になって。あの、ここの女房もみんな、いろいろ薫物をたいてますから、何となく覚えて……っていうだけで……」

「そうか。……たしかに、私がいま使っているのは『菊花』だ」

　当たったらしい。

「いい香りですね。ここの女房が使ってる『菊花』よりも、もっと香りがやわらかいような気がします」

「これは私が自分で合わせたものだ。同じ材料を使っても、作り手が違えば、香りもそれぞれに違ってくる」

話しながら、理登は純子の手習いの紙を、次々と手に取っては目を通していく。

「手習いや楽器の習得も必要だが、興味があるなら、香《こう》を合わせることも始めてみるといい。いずれは覚えなくてはならないことだ」

「そう……なんですか」

「他に興味のあるものはないのか」

理登の口調は表情と同じく、何の感情も読めない淡々としたものだったが、言葉の内容からは、きちんと助言しようという意図が感じられた。

無愛想だが、きっと親切な人だ。純子はそう思うことにした。

「興味……って、好きなこと、ですよね？　わたし、お針は好きです。ずっとお針の仕事をしていたので」

「……縫《ぬ》い物か？」

理登が手習いの紙から目を上げる。今度は言葉にも、意外そうな響《ひび》きがあった。

「はい。子供のころからばばさんに教わって、ここに来るまで、大和の国守様の北の方様に、お針子として雇《やと》っていただいてましたから」

「……誰に教わったと?」

「ばばさんです。わたしを拾って、育ててくれた……」

純子はうつむいて、ふっと目を細める。薄暗い家の中で、背中を丸めて針を動かしていた後ろ姿が、まぶたの裏に浮《う》かんだ。

「姫宮様は、大和国に暮らしていた老夫婦のもとで、お育ちになられたのです」

高倉が、純子の言葉を補った。それで理登が、納得《なっとく》したようにうなずく。

「ばばさんとは、老女のことか」

「はい。じじさんとばばさんは、わたしを拾ったときには、もうすぐ孫が生まれるくらいの年でしたから」

「……そうか」

理登は目で硯《すずり》を示し、墨《すみ》の用意を、と言った。純子は文台を引き寄せ、袖口を汚《よご》さないよう気にしながら、硯に水をたらす。

「その養い親は、息災にしているのか」

「元気かっていう意味ですか? もう亡《な》くなりました。二人とも。じじさんは四年前、ばばさんは二年前に——」

　ゆっくりと墨をすりながら、純子は返事をした。

「じじさんもばばさんもいなくなったので、わたしは、国守様のところで、お針子を始めたんです。兄やと姉やには、それぞれ家族がいるから、わたしまで頼《たよ》るわけにはいかないし。……あ、兄やと姉やは、じじさんとばばさんの、本当の子供たちです。わたしとは、親子くらい年が離れてましたけど。だから、兄やと姉やは元気だと思います」

　半年以上会っていないので、本当に元気なのかは知るよしもないが、あの二人なら、まぁ、元気にしているだろう。

「……縫い物は、あいにく私のほうが詳《くわ》しくない」

　理登は純子の手習いの紙を、まとめて文台に置いた。

「だが、薫物のことなら、教えられる。他にも学びたいことがあれば、言うといい。主上からも、できる限りは協力してほしいと頼まれている」

「……」

　墨をする手を止め、純子は理登のほうを振り向く。きれいな顔。無表情だが、目元は穏《おだ》やかに見えた。

純子は墨を置き、理登に微笑《ほほえ》みかける。

「ありがとうございます。わたし、頑張《がんば》ります」

「……」

理登は無言でうなずき、硯箱から筆を一本取った。

「まずは書だ。これまでの手習いを見た限り、放ち書きは悪くない。ただ、少し癖《くせ》があるようだ。――こういうところ。ここもだ」

「は……はい」

筆先で手習いの文字を指す理登の手元を、純子は真剣《しんけん》な表情で覗《のぞ》きこむ。

「私が手本を書く。それを真似《まね》て書いてみてくれ」

「はいっ」

御簾の向こうで寝ていた猫のうち一匹《ぴき》が、頭を上げてあくびをし、また丸くなった。風が吹《ふ》きこみ、料紙の端が小さく震《ふる》える。

美しい横顔と、ひと文字ずつ丁寧《ていねい》に記されていく手本とを交互《こうご》に眺《なが》めつつ、純子は自分も筆を手にした。

理登は一時ほどのあいだ滞在《たいざい》し、純子に手習いと和琴《わごん》の稽古《けいこ》をつけて帰っていった。また明日来る、と言っていたので、明日も教えにきてくれるのだろう。

書でも楽器でも、理登の教え方は丁寧で、上手くできないところがあってもいら立ちもせず、根気よく手本を見せてくれた。やはり、とてもいい人だ。純子はそう思っていたのだが。

「——お断りなさいませ、姫宮様」

理登が帰るなり、純子は険しい顔の女房たちに囲まれていた。

「断るって……何を？」

「兵部卿宮様のことでございます。姫宮様から主上に、兵部卿宮様には何も教わりたくありませんと、申し上げるのです」

「え、どうして？　わたしは宮様に教わりたい。すごくわかりやすかったのに」

純子は眉根《まゆね》を寄せ、座ったまま少しずつ後ずさる。しかし女房たちは、離れたぶんだけ膝《ひざ》を進めて迫《せま》ってきた。

「とんでもございません。姫宮様は、だまされておいでなのです」

「あの兵部卿宮様には、良くない噂《うわさ》があるのですよ」

「高倉さんも先に断ってくれればいいものを、迷惑《めいわく》な……」

女房たちが口々にわめき立てるので、純子はさらに後退する。

「だまされてなんかいない。ちゃんと教えてくれたんだから。手習いの紙を見てよ。わたし、間違った字を書いてる？」

「手習いのことではございません」

女房たちは目をつり上げて、また距離を詰《つ》めてきた。

「姫宮様は、あの兵部卿宮様を、どう見ておいでですか」

「どうって……いい方だと思うけど？」

「それが、だまされておいでだということなのです」

女房の一人が、手にしていた扇《おうぎ》で、床《ゆか》をぴしりと叩《たた》く。

「姫宮様は御存《ごぞん》じないでしょうが、兵部卿宮様とその近しい方々には、以前から恐《おそ》ろしい噂が絶えないのです。お付き合いなど、しないに限ります」

「恐ろしい噂って、どんな？」

「それは――」

女房たちは顔を見合わせ、急に言いよどんだ。互《たが》いに目配せをして、説明する役目を譲《ゆず》り合っている。

純子はむっとした表情で、女房たちを睨んだ。

「話せないのに、宮様のこと悪く言うの？　おかしいよ。あなたたちのほうが変」

「……」

女房たちはしばらく黙《もく》していたが、やがてその中の一人が、純子から目を逸《そ》らしながらも、渋々《しぶしぶ》といった様子で口を開いた。

「兵部卿宮様と、そのお父君でいらっしゃる嵯峨院《さがいん》様が……先の帝《みかど》様や、先の東宮様を、その……呪詛《じゅそ》なされたという、噂が……」

「じゅ……何？」

「呪詛、でございます。その、先の帝様と、先の東宮様が、早く身罷《みまか》られるようにと、まじないをかけた……と」

「……？」

純子はしかめっつらのまま、首を傾《かし》げる。

「早く、何？　よくわからない」

「つまり、その……早くお亡くなりになるように、と、願われて……」

「まじないって、そうなりますようにって、お願いしたの？　そんなお願いしても、そのとおりになるの？」

「……現に、先の帝様と、先の東宮様は、早くに身罷られましたので……」

絞《しぼ》り出すように、女房が答えた。化粧《けしょう》で固めた白い顔が、引きつっている。

純子は、反対側に首を傾げた。簡単に言うならば、死んでほしいと願ったら、本当に相手が死んでしまったという話だろう。しかし、そんなことができたら、世の中、誰かに恨《うら》まれただけで命を落とす者だらけになってしまう。

「……ちょっと信じられないんだけど。宮様は、前の帝様のこと、そんなに嫌いだったの？」

「好き嫌いではございません。兵部卿宮様は、帝の位に就《つ》くことをお望みなのです。嵯峨院様も、一の皇子でいらっしゃる兵部卿宮様を、帝になさりたかったのです」

「ですが、それがかなわなかったことを、お恨みになって……」

「兵部卿宮様も嵯峨院様も、先の帝様と先の東宮様を、疎《うと》んじておいでだったのです。お二方さえいなければ、兵部卿宮様が帝になれると考えて……」

さっきまで口が重かった女房たちが、ここにきて一斉《いっせい》にわめき出した。自分たちがした話に自分でおびえているのか、互いに手を握《にぎ》り合い、震えている。

悲愴感漂う女房たちの様子に、純子は若干呆《あき》れつつ、額を押さえた。

「ねぇ。……じゃあ、どうしてわたしのお父様は、生きてるの？　宮様が帝になりたいなら、一番いなくなってほしいのは、いまの帝様じゃないの？」

普通に考えれば、肝心《かんじん》なのは現在の帝のほうだろう。いまの帝がその位にある限り、他の誰も、帝にはなれないわけだから。

「それは、主上の御威光《ごいこう》のおかげでございます」

おびえていた女房たちが、途端《とたん》にしゃんと背筋を伸ばした。

「主上はたいへんに徳の高いお方でございますので、恐ろしい呪詛からも、守られておいでなのです」

「……徳がどうこうじゃなくて、そもそも呪詛？　とか、そんなことしてないんじゃないの？　だって宮様は、主上に頼まれてここに来たんでしょ？　仲が良いんじゃないの」

「……姫宮様……」

純子にしてみれば当然の疑問だったが、女房たちは、またしても一斉に、呆れ顔で嘆息《たんそく》する。

「事は、そのように単純ではございません。姫宮様には、どう御説明申し上げても、おわかりにはならないのです」

「とにかく、今後いっさい、兵部卿宮様にはお近づきになりませんように……」

「どうか姫宮様は、私どもの言うとおりになさってくださいませ」

「……ちょっと、何よ」

女房たちの言葉に、純子は表情を一段と険しくした。

「あなたたち、いつもそう。わたしが知らないことを、ややこしい言いまわしで話して、それでこっちが訊《き》き返したら、わたしにはわからないって決めつけて、中途半端《ちゅうとはんぱ》な説明しかしないの。そんなのばっかり」

「姫宮様――」

純子が本気で怒《おこ》っていることに気づいたのか、中でも年長の女房が、慌《あわ》てて猫撫《ねこな》で声で取り繕《つくろ》う。

「そうではございませんよ。ただ、これまで鄙《ひな》のお暮しをされてこられた姫宮様には、少々難しい話かと存じまして……」

「田舎者《いなか》は黙って言うこと聞いてればいいってことだよね。もういいよ」

吐《は》き捨てるように言って、純子は勢いよく立ち上がった。

「わたし、書も楽器も、宮様に教えてもらうから。宮様は、わたしが上手くできなくても、あなたたちみたいにため息つかないし、わかるまで教えてくれるし」

「姫宮様！」

「まぁ、何ということを――」

「そんな……私どもとて、せいいっぱいお教えしてまいりましたのに」

「いけません、兵部卿宮様の噂は、昔からのことで……」

さすがに女房たちも動揺《どうよう》を見せ、弁解や非難めいたことを、各々《おのおの》が口にする。

「せっかく主上が、わたしのために宮様にお願いしてくださったんだから、わたしがお断りすることは、絶対ないって思ってね」

そう告げると、純子は追いすがろうとする女房たちを振り切り、跳《は》ね上げるように御簾《みす》をくぐって、ばたばたと足音を立てながらも、その勢いのまま廂《ひさし》の端まで歩き、妻戸を開けて外に出た。

……ばかみたい。確かなことを言えもしないのに、噂が噂がって……。

女房たちが追いかけてくる気配はなかったが、しばらく一人になりたくて、純子は簀子《すのこ》に下りた。

庭先には遣水《やりみず》が流れ、涼しい風が吹き抜《ぬ》けている。

簀子の角で、純子は何となく足を止めた。さらさらと水の流れる、細い音。

「……」

高欄《こうらん》にもたれ、純子はその場に座りこむ。

噂なんて、不確かなことばかりだ。噂を鵜呑《うの》みにする人も、信用できない。もしかしたら、噂の中身が本当だったということもあるかもしれないけれど、きちんと自分の目と耳で確かめてみるまでは、結論なんて出せない。

……だから、もう、本当のことなんてわからない。

じじさんとばばさんは、もういない。確かめることはできなかった。

物心ついたとき、自分は大和国のとある村に住む老夫婦に育てられていた。

その老夫婦が、自分の本当の親ではないと知ったのがいつだったか——それはもう、記憶にない。ただ、だいぶ早くに知らされていたようには思う。何しろ親と呼ぶには、自分と老夫婦は年が離れすぎていて、老夫婦の実子二人は、もうそれぞれ結婚して、別に所帯を持っていたほどだった。

だから老夫婦のことは、じじ、ばばと呼ぶようにとしつけられていた。近所に住む実子の兄妹のほうは、兄や、姉やと呼んでいたので、よくよく考えればおかしな話なのだが、子供のころは、それで疑問にも思わなかった。

しかし、いつのころからか教えられていたのは、おまえは舟《ふね》の中に捨てられていたのだ——という身の上だった。

いまから十二年前、仲秋のある日、老夫婦は何か用があって宇治に住む知人を訪ね、ひと晩泊まった翌朝、帰り道の途中で、宇治川のほとりに打ち寄せられた小舟の中に、人形を握りしめてぐったりしている幼い子供を発見したのだという。

付近で聞いても心当たりのある家はなく、おそらくどこからか舟で流されてきたのだろう、だがこんなに小さな子供がたった一人、もうあたたかいとは言えない時季に、衣一枚で舟に取り残されていること自体がおかしい、誰かに捨てられたに違いない、という話になった。

自分たちが見つけた。これも何かの縁《えん》だろうと、老夫婦はその子供を連れて帰り、育てることにした。――それが自分だと。

身の上を知り、本当の親のことが気にならなかったわけではなかったが、じじの畑仕事を手伝い、ばばに針仕事を教わり、兄やと姉やの家の子守をして、毎日が忙《いそが》しく過ぎていく中で、憶《おぼ》えてもいないころのことに思いをはせる暇《ひま》などなかった。

ただ、口さがないことを言う者が、周りにいないわけではなかった。あの捨て子は、拾われたときにたいそう上等な衣を着ていたらしい。どこか良い家の娘だったのではないか。あの爺《じい》さんと婆《ばあ》さんは、いずれ娘の本当の親を見つけ出し、育てた恩を売って、たんまり褒美《ほうび》をもらうつもりでいるらしい――

じじもばばも、寡黙《かもく》な性質《たち》だった。さして広いとは言えない近所付き合いの中で、ときおり水面にふっと浮《う》いてきた魚が、またすぐに池の底に沈《しず》んでいくような、そんなふうに現れる噂話に対しても、特に何も言うことはなかった。

一度だけ、滅多《めった》にないほどの凶作《きょうさく》で、暮らしがとても苦しくなった年、兄やと姉やが押しかけてきて——おそらく、それぞれの連れ合いにせっつかれてのことだろうが、あの子の親を捜《さが》そう、捜して褒美をもらおうと、じじとばばを説得に来たことがあった。自分はそのとき初めて、兄やと姉やも噂話を信じていたのだと知った。何か見返りを求めるために、じじとばばは自分を育てているのだと。

あのとき、じじは何と答えていたか。いや、何も答えていなかったかもしれない。たしかすぐに、帰れと言って、二人を追い出してしまった。ばばは二人が去った後、腹が減るとろくなことを考えない、とだけつぶやいていた。

自分が拾われたときに着ていた衣は、そのころまでは取ってあった。しかし兄やと姉やが押しかけてきた後、じじが売ってしまったらしい。自分は別に、惜《お》しいとも思わなかった。幾《いく》らか金が入ったことのほうが、嬉《うれ》しかった。暮らしが苦しかったから売ったのか、もう自分の本当の親を捜すつもりはないという意思の表れだったのか、どちらなのか、それはいまでもわからない。

拾われてから八年が経《た》ったころ、足を痛めて寝《ね》ついたじじが亡《な》くなり、ばばと二人きりの生活になった。そのころばばは、どういう伝手《つて》があったのか、都から赴任《ふにん》してきた国守の屋敷で働く人々から、縫《ぬ》い物の仕事を請け負《う》うようになっていた。自分も、ばばの仕事を手伝った。おかげで縫い物は、だいぶ上達した。

ばばはときどき、あたしがいなくなっても、おまえはお針で食べていけると口にしていた。最期が近いことを、覚《さと》っていたのかもしれない。自分も何となく覚悟《かくご》はしていた。

じじの死から二年後に、ばばも亡くなった。兄やと姉やは、自分をどこかへ嫁《とつ》がせようと考えていたようだったが、ばばが請け負った針仕事が残っていることを理由にそれを拒《こば》み、国守の屋敷に住みこみで働かせてもらうことになった。嫁ぐより、そちらのほうが当然実入りはあるので、兄やと姉やも了承《りょうしょう》した。

幸いなことに、新しく赴任してきた大和守《やまとのかみ》の妻に気に入られ、国守の家族の縫い物も任されるようになり、染め物を教わることもできた。じじとばばがいないのは寂《さび》しかったが、大きな屋敷で、当面の生活の心配もなく、好きな縫い物をしていられるのは楽しかった。

そうして一年と何か月かが過ぎた、今年の春――思わぬところから、自分の素性《すじょう》が明らかになったのだ。

自分はじじとばばに拾われたとき、人形を持っていた。それは赤い衣を着せた、布で作られた雛《ひな》人形で、凶作のときじじが売った衣も上等なものだったが、この人形も、上等な端切れで作られていた。

これだけは他の子供の玩具《おもちゃ》にならないよう、大事に持っていなさいとばばに言われていたこともあり、大切にしまっておいて、ときどき手に取って眺《なが》めるだけにしていたのだが、それでも十年以上の時を経《へ》れば、白かった人形の顔は黒ずみ、衣の赤い色もすっかりあせて、あちこち糸がほつれた状態になっていた。

ある日、少し暇があったので、人形の糸のほつれを直していると、ほころびから紙のようなものが覗《のぞ》いているのが見えた。細長くたたんだ紙を人形の芯《しん》にしていたらしい。墨《すみ》の跡《あと》があるのが気になって、思いきって引き出してみると、それは文《ふみ》のようだった。

だが何が書かれているのかは自分にはわからず、大和守の妻に頼んで読んでもらったところ、それが考えてもみなかった事態に発展した。

人形の中に入っていた紙は、十何年も前に大和守の知人が、弘徽殿の女御《にょうご》という帝《みかど》の妻の一人に宛《あ》てて、どうか私を次の除目で大国の国守に任ずるよう口添《くちぞ》えしてほしい、と懇願《こんがん》する文だったというのだ。

弘徽殿の女御宛ての文が、人形の芯に使われている。つまりこの人形は、弘徽殿で作られたもの——大和守とその妻に問われるまま、自分がじじとばばに拾われた経緯《いきさつ》を話すと、大和守たちは慌てだした。

十二年前、弘徽殿の女御は、自身の生んだ皇子と皇女の二人を連れて、宇治にある別邸《べってい》を訪れていたが、皇女のほうが突然、別邸から姿を消し、大騒《おおさわ》ぎになったことがある。拾われた時季や場所から考えて、おまえは、いや、あなたは、あのとき消えたという、女一の宮様ではあるまいか——

それから大和守がすぐに都へ使いを走らせ、自分は国守の屋敷で客人のような扱《あつか》いを受けるようになり、ほどなく帝の使者だという一行が、きらびやかな車を引いてやってきた。そのあいだは、まるで夢をみているかのようだった。

少しだけ現実に戻《もど》ったのは、話を聞きつけた兄やと姉やが、国守の屋敷を訪ねてきたときだった。

帝の使者に対して、これまで自分を育てたことへの褒美を要求する二人に、思わず、育ててくれたのはじじさんとばばさんだ、と言ってしまった。

ここで褒美など出されたら、本当にあの噂《うわさ》のとおりになってしまう。じじさんとばばさんは、褒美のために自分を育てたのではない。そうだと信じたい。ただ衣一枚で放《ほう》り出された幼子が不憫《ふびん》で、だから育ててくれたのだと——

自分の主張に反して、帝の使者は兄やと姉やに、いろいろと高価なものを与えてしまった。だが二人が帰った後、使者は、あの褒美は今後いっさい姫宮様と関《かか》わりは持たぬと約束させたうえで与えたもの、言わば縁切《えんき》りの品々なのです、と自分に告げた。皇女なのだから、もう下々の者と交わるべきではない、これまでは親しくしていても、これからは立場が月と毛虫ほどに違うのだから、あの二人のことは忘れるようにと、そんな意味のことも言われた。

使者の言葉どおり、兄やと姉やは、それから二度と姿を見せなかった。あとで落ち着いて考えてみれば、育ててくれたのはじじとばばだが、兄やと姉やにも世話にはなっているのだし、褒美を出してもらえるなら、そのほうがいいのだ。また凶作になっても、生活の足しになるだろう。じじとばばも、実の子たちが豊かな暮らしができれば、嬉しいに違いない。

いまさら、やっぱり噂のとおりだったと近所にささやかれたところで、じじもばばも、この世にはいないのだ。

じじとばばの真意が、噂のとおりだったのかどうか。それはもう、確かめられない。だから、あの噂のことは、もう忘れることにしよう。……どうせ、もう帰れない。

「……」

純子は、伏《ふ》せていた目を上げた。

遣水《やりみず》のほとりの萩《はぎ》のしげみが、風に揺《ゆ》れている。

耳を澄《す》ますと遣水の音にまじって、どこかで誰かが、笑い声を上げるのが聞こえた。

子供ではない。きっと女房《にょうぼう》の誰か。またどこかで、お喋《しゃべ》りに興じているのだろう。

たぶん、噂話が好きなのは、ここの人々も田舎《いなか》の人々も同じだ。ただ、都のほうが、より多くの噂話にあふれているだけ。いちいち気にしていたらきりがないし、どうしても気になるなら、確かめてみればいい。確かめられないものは、鵜呑《うの》みにしない。

それだけのこと。

細く流れる水音と、葉擦《はず》れの音。甲高《かんだか》い鳥の鳴き声。

純子は高欄《こうらん》の手すりに額を預けて、ぼんやりと庭を眺めていた。

部屋の中にいるより、こうして外にいるほうが、気がまぎれる。部屋にいるとどうしても、女房たちの話し声が耳に入ってきて、それが聞き取れないようなささやきであればあるほど、また自分が呆《あき》れられ、笑われているのではないかと、不安になってしまう。

自分がお姫様として未熟なのは、本当だけれど。

本当だとしても、ため息をつかれてばかりなのは、やっぱり嫌なものだけれど。

……でも、慣れなきゃいけないんだよね。

ここは、そういう場所だ。

お姫様なら、お姫様らしく。それが決まり事。

この屋敷には、大勢の人がいて、たくさんの上等な物もある。それなのに、自分の目に映る景色は、いつもどこか、物寂《ものさび》しい。空を見上げても、何だか狭《せま》くて窮屈《きゅうくつ》だ。

けれど、窮屈だと思うのは、きっと自分が、田舎の小娘のままだから。

視線を移すと、自分の着ている袿《うちき》の色が目に入る。

衣の紅。蘇芳《すおう》。朽葉《くちば》。白。庭の青。花の色。

鮮《あざ》やかなはずの、このよそよそしい世界。噂話が大好きで、いつもどこかでひそひそ声が聞こえる、気詰《きづ》まりな世界に、慣れていかなくては——

「……姫宮様？」

振《ふ》り向くと、高倉が廂《ひさし》に下げられた御簾《みす》を掻《か》き分け、こちらをうかがっていた。

「そのようなところで、何をしておいでなのです。あまり風に当たっては、体を冷やしますよ」

「……あ、高倉かぁ……」

一瞬身構えてしまっていた純子は、苦笑《くしょう》して立ち上がる。

「そんなに寒くないよ。大丈夫」

「ですが、そのように端近《はしぢか》に出るものではありません。いつ誰が庭に入ってくるとも限らないのですから」

「うん。戻るよ」

他の女房たちのように、露骨《ろこつ》に呆れた顔をしないぶん、高倉には弱い。純子は高倉が覗いているところまで歩き、御簾をくぐって廂に入った。

派手な音を立てる純子の歩き方に、高倉は少し厳しい表情を見せる。

「姫宮様、その歩みはいけません。静かに、落ち着いて足をお出しなさいませ」

「わたしも静かに歩きたいんだけど、袴《はかま》が邪魔《じゃま》で、うまく歩けないの。女房に歩き方を訊《き》いても、歩かなくていいって言われるばっかりだし」

「……では、それも稽古《けいこ》なさいますか」

「宮様に教わるの？」

「それは私が」

「じゃあ、教えて。よかった、高倉がいてくれて」

純子が袴をつまんで笑うと、高倉はちょっと困ったような顔をした。

「……ここの女房どもは、あまり姫宮様のお役に立っていないようでございますね」

「面倒《めんどう》になったんじゃない？　わたし、たしかに物覚えは悪いから」

「ですが、これではわざわざ姫宮様に、こちらにお移りいただいた意味がないようでございますので」

「弘徽殿から？　それは、わたしがあんまりみっともないからでしょ？　知ってるよ」

　お姫様らしく教育するためもあるだろうが、そもそもは、まったくお姫様らしくないことを隠《かく》すために、この屋敷へ送られたのだ。お姫様教育をするだけなら、たぶん、弘徽殿でもできたはずなのだから。

　高倉はさらに困惑《こんわく》した様子で、眉《まゆ》をひそめる。

「……そのようなことはございません。主上は姫宮様を、できるだけお早く、お手元に呼び戻したいとお考えでございます」

「え？　わたし、弘徽殿に戻るの？」

「いずれは。いえ、姫宮様がある程度のことを習得されましたら、すぐにでも」

「当分は無理じゃないかな……」

「それを早めるための、兵部卿宮様への御依頼《ごいらい》でございます」

「……」

純子はふと、さっきの理登の噂のことを、高倉に訊いてみようかと思った。

だが、すぐにその考えは打ち消す。

高倉に尋《たず》ねてみたところで、それも又聞《またぎ》きでしかない。

「宮様……明日も、来られる？」

「はい。その御予定でございます」

それなら、確かめる機会はあるだろう。誰よりも間違いのない、理登本人に。

「では姫宮様、歩き方のお稽古は、いつになさいますか」

「……いますぐ！」

純子が胸を張り、高倉がうなずいた。

「結構でございます。西の廂でしたら場所が空いておりますので、そちらにまいりましょう」

「ありがとう。よろしくね」

これで袴を穿《は》いていても、上手に歩けるようになれるかもしれない。純子は高倉に、安堵《あんど》の笑顔を向ける。

そう。いまは何もかも、ひとつひとつ学んでいくしかないのだ——

翌日も理登は、昼過ぎに純子を訪ねてきた。

高倉があらかじめ若い女房たちを遠ざけておいたようで、誰に邪魔されることもなく、昨日と同じように、南側の広廂の一角で、文台を並べて座る。

今日の理登は、縹《はなだ》色の直衣《のうし》を着ていた。襟元《えりもと》と裾《すそ》から、内に着ている衵《あこめ》の淡い縹色が覗《のぞ》いている。

「宮様のお召《め》し物は、誰が染めてるんですか？」

純子が、理登の格好を眺《なが》めつつ尋ねると、理登は微《かす》かに眉を動かし、自分の直衣の袖《そで》に目を落とした。

「普段は女房どもが染めているが……何か気になることでもあるのか」

「すごくきれいに染めてあるなぁって思って。昨日のもきれいでしたけど、今日のは、もっと。――あ、わたし、染め物も好きなんです。大和守様の北の方様に、教えていただきました」

純子が笑顔で言うと、理登は少し困惑したように、視線を泳がせる。

「そうか。……昨日着ていたものは女房が作ったが、これは、私の母が染めたものだ。ときどき、仕立てたものを送ってくる」

「宮様のお母様も、染め物お上手なんですね。……お母様とは一緒《いっしょ》のお家に住んでないんですか？」

「母は、父と嵯峨《さが》で暮らしている」

「嵯峨って遠いんですか？」

「都の外れだ。それほど遠くはない」

そういえば昨日、女房たちが理登の父親のことを、嵯峨院様と呼んでいたが。

「……そっか。嵯峨に住んでるから、嵯峨院様なんだ」

独り言のつもりで、純子はぽろりと口にした。しかし理登は、硯箱《すずりばこ》の蓋《ふた》を開けながら、律儀《りちぎ》に返事をする。

「父のことか。そうだ。退位してから後は、ほとんど嵯峨の別邸《べってい》で過ごしている」

「……宮様のお父様は、宮様を帝《みかど》にしたいんですか？」

文台に向かおうとしていた理登が、動きを止めた。今日も少し離れて控《ひか》えていた高倉が、姫宮様、と、たしなめるように声をかける。

だが純子は聞こえなかったふりをして、さらに理登に問うた。

「宮様も、帝になりたいと思ってるんですか？」

「姫宮様――」

今度はもっとはっきりとした声で、高倉が純子を止めにかかる。

ところが逆に理登が片手をあげ、高倉を制した。理登は純子の質問に驚いた様子もなく、落ち着いて純子に向き直る。

純子は理登の表情を、じっとうかがっていた。ここまでは、相変わらず何の感情も見えない、真顔のままだ。

「……帝というのは、なりたくてなるものではない。その立場は、天から与えられるものだ」

「天から……？」

「そうだ。少なくとも私は、そう思っている」

理登は目を逸《そ》らすことなく、まっすぐ純子を見据《みす》えて、うなずいた。

「私の父が帝の位に就《つ》いたのは、天が決めた流れに沿ったことであり、帝の位を降りたのも、また天命の結果だ」

「天命……」

「たしかに、私は皇子に生まれたが、帝の位に就くには至らなかった。それは天が、私が帝の位に就くことを、望まなかったからだと思っている」

淡々とした口調だが、どこか諭《さと》すような響《ひび》きもあった。

「私も父も、天命に逆らうつもりはない。己《おのれ》に与えられている役割を全《まっと》うするだけだ。これまでも、これからも」

「……」

天が決めなければ帝にはなれない。ということは、どんなに帝になりたいと祈っても、天が許さなければ、なれないのだ。理登はそう考えている。

ならば、理登が呪詛《じゅそ》とやらをする意味もないはずだ。すべては天の考え次第なのだから。

純子が理登の言葉をゆっくりと咀嚼《そしゃく》していると、理登がふっと、顔を背《そむ》けた。

「私のことを――何か聞いたのか」

純子から視線を外したまま、理登は低くつぶやく。

その横顔を、純子はじっと見つめた。

「宮様は、帝になりたがってるって……そういう噂《うわさ》があるって、聞きました。ここの女房たちから」

「……そうか」

「でも、いま宮様のお話を聞いて、噂が嘘《うそ》だって、わかりましたから」

そう言うと、理登はまた、目だけを純子に向ける。

純子は理登に、にこりと笑いかけた。

「……」

理登は少し目を伏《ふ》せ、そして短く息を吐《は》いた。

「この世では、噂話のほうが重んじられる。時として、真実よりも」

「……え？」

「都には、数多《あまた》の人々が暮らしている。ある一人の人物がいたとして、人々の多くは、その人物と直《じか》に顔を合わせる機会より、その人物についての噂話に接する機会のほうが多いだろう。どこかでその人物について、悪い話が流れたら、その人物がいちいち弁明してまわるより、噂話が広まるほうが早い。その場合、噂話は真実に勝る働きをしていると言える」

「……でも、嘘は嘘ですよね？」

純子がちょっと口を尖《とが》らせると、理登はわずかに目を細めた。

「嘘は嘘だ。それでも、それが嘘だという噂が広まらない限り、打ち消すことはできない。だから真実が負けるときもあるということだ」

「……じゃあ、その悪い噂は嘘ですっていう噂を、一生懸命《けんめい》広めればいいんですね？」

「そういうことにはなるが、訂正《ていせい》の噂というものは、大抵《たいてい》広まらないものだ」

「どうして？」

「つまらないからだ」

「……えー……」

ひどくあっさりとした返答に、純子は思わず情けない顔をする。

理登は水滴《すいてき》に手を伸ばし、硯《すずり》に水をたらした。

「もちろん噂話の中から真実を拾い出そうと、努めている者はいるだろう。だが多くは、常とは違うこと、物珍《ものめずら》しいことを求めて、噂話に耳を傾《かたむ》ける。聞く側にそういった心がある以上、それが真実かそうでないかは、二の次だ」

「……」

純子がしかめっつらで押し黙《だま》ると、理登は静かに墨《すみ》をすり始める。

「不満か。しかし、そういうものだ。特に女房は、噂話を運ぶのが仕事のようなものだから、そのつもりでいるといい」

「……わかりました……」

言われてみれば、たしかに納得《なっとく》はいく。女房たちは常にお喋《しゃべ》りをし、毎日あちこちと文《ふみ》のやり取りをしている。きっと幾《いく》つもの噂話が飛び交っているのだろう。

純子も硯箱を開けた。料紙を広げ、墨の支度をする。

「……でも、わたしは、やっぱり本当のことって、大事だと思います」

力任せに墨をすりながら、純子はそう言った。

真実がわからないからといって、それが大切ではないということにはならないはずだ。たしかめられる噂なら、そして、たしかめる意味のある噂なら、たしかめておくほうがいい。——じじとばばのように、真実を聞けないまま終わってしまうよりは。

理登は黙って純子を見ていたが、やがて静かに墨を置く。

「……今日も手習いの後に和琴《わごん》の稽古《けいこ》をする。あまり強く墨をすると、指を痛めるぞ」

「えっ？　……あ、はい」

純子は慌《あわ》てて、墨をするのを止めた。理登は目で、文台の上の料紙を示す。

「まずは昨日の手本を出して、同じことをもう一度書いてみるように。きちんと書けていたら、次に進む」

「は……はいっ」

うなずいて、純子は筆を取った。さっき身を乗り出しかけていた高倉が、そっと座り直す。

「力が入りすぎている。もう少し筆を持つ力を抜《ぬ》くといい。……そうだ。そこも筆先を軽く」

理登の落ち着いた声での指示を聞きながら、筆を走らせるうち、純子はもう、理登についての「悪い噂」のことを忘れかけていた。

「……今朝吹く風に……雁《かり》は来にけり……っと」

料紙いっぱいに数十首の歌を書き終え、純子は筆を置いて大きく息をつく。

理登が純子に書を教えるために東四条殿に来るようになって、半月が過ぎていた。

手習いは、字を覚えたら、あとはひたすら手本を真似《まね》て、数多く書くこと——そう理登に教えられたとおり、純子は理登が来ていない時間にも、文台の前に座るようにしていた。

書き続ければ、たしかに上達する。上達すれば、理登はその都度、褒《ほ》めてくれた。大仰《おおぎょう》な言葉ではない、ここは昨日よりよく書けているとか、ここの筆の運びが良くなったとか、大抵がささいなものだったが、褒められれば、やはり嬉《うれ》しい。それは手習いだけでなく、楽器でも同じことだった。

半月経《た》っても、高倉以外の女房たちは、理登の出入りに不満を漏《も》らしていた。だが純子が日中おとなしく、理登がいないときも手習いや和琴の稽古をしているので、表立って何か言うことは減っていた。

その代わり聞こえてくるのは、純子が屋敷の中を歩きまわらなくなったぶん、手がかからなくて助かる——という、陰口《かげぐち》だ。

……たぶん、歩きまわっても気づかれなくなっただけなんだけどね。

純子は独り肩をすくめ、歌集から書き写した歌で埋《う》まった料紙を裏返す。字の練習には、古くなった白い陸奥紙《みちのく》を使っていた。厚めの陸奥紙は、裏にあまり透《す》けないので、両面を手習いに使えてちょうどいい。

高倉に歩き方を教わってから、どうにか袴《はかま》を穿《は》いていても音を立てずに歩けるようになった。さらに、女房たちが昼間だいたいどこで何をしているのか、大まかに把握《はあく》できるようになったので、女房たちのいないところにいれば、歩いていても見つからないようになったのである。

さすがに一日中座って手習いと和琴の稽古だけでは、足がなまってしまう。

「……」

純子は周囲を見まわした。

南廂《びさし》には、いま他に誰もいない。高倉は、さっき台盤所《だいばんどころ》に行った。女房たちはこの時間、北側の曹司《ぞうし》や渡殿《わたどの》で、双六《すごろく》に興じたり昼寝《ひるね》をしたりしているはずだ。

理登が来るまで、もう少し時間がある。純子はそっと立ち上がり、御簾《みす》をくぐって簀子《すのこ》に下りた。

寒風が、さっと吹き抜ける。頬《ほお》に当たると冷たいが、気持ちいい。

簀子には、風に飛ばされてきたのだろう、何枚かの落ち葉が散らばっていた。桜の葉だ。もうほとんど赤く色づいている。

純子は葉の落ちている辺りに駆《か》け寄り、桜の葉を拾った。

……きれい。

ほんの少し緑を残しながら、澄《す》んだ赤色に染まった葉は、美しかった。純子は簀子を歩きながら、気に入った落ち葉を次々拾っていく。

風が吹くたび、庭の木々は大きく揺《ゆ》れた。自分の着ている紅の単《ひとえ》から淡青《うすあお》、濃青《こきあお》、黄に淡朽葉《うすくちば》、そしてまた紅の色を重ねた袿《うちき》の、あざやかな彩《いろど》りの衣の裾《すそ》にも、色づいた葉が、ひらひらと舞《ま》い落ちる。

桜の葉を五、六枚拾ったところで、ふと顔を上げて振《ふ》り向くと、蘇芳《すおう》の直衣《のうし》を着た理登が、少し驚いたように目を見張って、庭先に立っていた。

「あ、宮様。いらっしゃいませ」

「……そんなところで何をしている？」

「きれいな葉が落ちていたので、拾ってました」

純子が両手に桜の葉を持ち、掲《かか》げて見せると、理登はわずかに目を細めて、階《きざはし》の下まで歩いてきた。

「桜か」

「はい。とってもきれいなんです」

「そうか」

返事をし、理登が履《くつ》を脱《ぬ》いで階を上がってくる。純子は桜の落ち葉を手にしたまま、理登のもとへ小走りに戻《もど》った。

理登は純子の顔と桜の葉、交互《こうご》に目をやり、それから辺りを見まわす。

「……女房は誰もいないのか」

「いたら、わたし、ここまで出られません」

「それならば、これが女房に見つかればとがめられる行動だと、わかっているということだな」

「……わかってます」

純子は肩をすくめ、桜の葉で口元を隠《かく》しつつ、上目遣《うわめづか》いに理登を見上げた。

叱《しか》られるのかと思いきや、理登は怒《おこ》っても呆《あき》れてもいない、むしろ穏《おだ》やかに見える表情で、また少し目を細める。

「外が好きなのか」

「え？」

「初めて会った日も、外にいたな。泥《どろ》だらけで」

「あれは――」

純子はさらに首を縮め、ちょっと顔を赤くした。

「子供が、水に落ちそうだったから……。いつも外で泥だらけになってるわけじゃないですよ」

「しかし、外は好きなんだろう」

「外が好きっていうか……もちろん好きですけど、あの、中でじっとしてるのが嫌なんです。何だか、閉じこめられてるみたいで……」

ただでさえ、衣を何枚も着こんだ、窮屈《きゅうくつ》な格好だ。そのうえ外どころか、庭にすら下りてはいけないなど、息が詰《つ》まりそうになる。

理登は庭のほうに視線を向け、そして空を見上げた。

「……十年以上、都の外にいたのだったか？」

「十二年です」

「そうか。……生まれてからほとんどのあいだ、己《おのれ》の足で自由に動きまわれる暮らしをしてきたのだから、そう思うのも無理はないな」

「……」

純子は目を瞬《またた》かせ、理登の横顔を見る。

「無理……ない、ですか」

「私はそう思う。少なくとも、私がもし同じ境遇《きょうぐう》であれば、行動が制限される生活は、おそらく息苦しく感じるだろう」

いつもどおりの、淡々とした口調だった。その横顔に同情とか憐《あわ》れみとか、そんな感情も見えない。

それなのに、理登の言葉は、すんなり心に落ちてきて――

純子は唇を嚙《か》んで、うつむいた。目の縁《ふち》に、みるみる涙がたまっていく。

「……何だ。どうした」

理登が振り返り、純子の様子に気づいて、少し慌てたように言った。純子は手の甲《こう》で涙を拭《ぬぐ》い、首を横に振る。

「ごめんなさい。そう言ってもらえたこと、なかったから……」

「……」

「田舎《いなか》育ちだから、何もできないのはわかるって……それは、みんな言うんですけど、でも、窮屈なのは、わかってもらえなくて……」

うっかり派手に鼻をすすりかけ、純子は慌てて、袖《そで》で顔を覆《おお》った。理登が直衣の懐《ふところ》に挟《はさ》んだ懐紙《かいし》を数枚取り出し、純子に差し出す。純子はちょっとうなずき、手にしていた桜の葉を懐にはさんでから、受け取った懐紙で鼻を押さえた。

「……十二年は長いが、これから先、都で暮らす時間のほうが、もっと長くなる」

理登は鼻をかむ純子から目を逸《そ》らしつつ、そう言った。

「だから皆、案じているのだろう。これまでのようにはいかないのだから、早く慣れさせなくてはいけないと、焦《あせ》っているのではないか」

「……それは、わかります」

懐紙を丸め、純子は寂《さび》しげに笑う。

「わたしも、早く慣れなくちゃって思います。もう、外に出ることはあきらめないと、って。……わかってるんですけど……」

「そう簡単には割り切れないか」

「……はい」

「それも無理はない。……あきらめるというより、時間はかかるだろうが、書や楽器を覚えてきたように、都での暮らしがどういうものかを、少しずつ覚えていけばいい。覚えようとしていくうちに、いずれ慣れていけるだろうから」

今度の言葉は、慰《なぐさ》めてくれているように聞こえた。

……慣れていけるかな。

理登がそう言ってくれるなら、できるような気がする。

純子は指先で軽く目頭を押さえ、それから顔を上げ、理登に微笑《ほほえ》みかけた。

「ありがとうございます。宮様、やっぱりいい方ですね」

「……」

「あっ、いけない。褒めるときは控《ひか》えめに、でしたよね。高倉に教わっていたのに」

できれば歌で、とも言われていたが、まだ難しい。

「……別に、そういうことは気にしなくていい」

「え？」

純子が首を傾《かし》げて理登の顔を覗《のぞ》きこむと、理登は下を向き、視線を純子から背《そむ》けた。

「好きなように話せばいい。……悪いことを言っているわけではないのだから」

早口でそれだけつぶやくと、理登は踵《きびす》を返し、すぐ近くの御簾をくぐって廂に上がってしまった。

……怒って、なかったよね？

ちょっと眉間《みけん》に皺《しわ》が寄っていたようには見えたが、不機《ふき》嫌《げん》な様子ではなかったはず。

「手習い、始めるぞ」

「あっ、はい……」

御簾の向こうから声をかけられ、純子は桜の葉を懐から取り出し、手に持ったまま、慌《あわ》てて理登の後を追う。

その日、理登は高倉にもその他の女房《にょうぼう》たちにも、純子が表に出ていたことを告げ口はせず、いつもどおり手習いと和琴《わごん》を教え、帰っていき――純子は結局、誰にも叱られずにすんだのだった。

◇◇

◇◇

◇◇

理登が東四条殿から、中御門《なかみかど》大路と高倉小路が交わる辺りにある自邸《じてい》に戻ると、寝《しん》殿《でん》の庭に面した廂で、二藍《ふたあい》の直衣を着た若い男が、脇息《きょうそく》に肘《ひじ》を置き、すっかりくつろいだ様子で、床《ゆか》に敷《し》かれた畳《たたみ》に座っていた。

「──おー、お帰りですか、宮」

男が理登に向かって、ひらりと片手を振る。傍《かたわ》らには菓子《かし》の皿が、幾《いく》つか並べられていた。

「……来ていたのか、直輔《なおすけ》」

理登はそれだけ言い、男の前を素通りして部屋に入る。

男の名は、藤原直輔といった。左大臣藤原直廉《なおかど》の三男で、年は理登よりもひとつ上の二十四、左近衛府《さこんえふ》の少将を務めている。

「お帰りなさいませ、宮様──」

奥にいた四十と五十ほどの年の女房二人が、茵《しとね》と脇息を持って出てきた。

「宮様、何かお召《め》し上がりになりますか」

「白湯《さゆ》だけでいい。直輔はいつ来た」

「半刻ほど前に」

「そうか」

女房たちは、直輔の座る畳の横にもう一枚置かれている高麗縁《こうらいべり》の畳に、茵と脇息を並べ、すぐに奥へ戻っていく。

理登は持ち歩いていた扇《おうぎ》を二階厨子《ずし》に置き、廂に戻ると、茵に腰を下ろした。

「何か私に用があるのか。それともただの方違《かたたが》えか」

「用があるに決まってるでしょうに。――で、どうなんです」

「何が」

「雲隠《くもがく》れの姫宮のことですよ」

「……」

ついいましがた、自分が手習いを教えに行っていた、女一の宮――純子のことか。

理登は直輔を横目で見た。

「発見されて半年以上も経《た》つのに、まだ雲隠れと呼ばれているのか」

「まぁ、長年雲隠れしてたことに違いはないですからねぇ」

そう言って、直輔は手元の小皿から糫餅《まがりもちい》を摘《つ》まんで口に入れる。

理登は脇息にもたれ、庭に目をやった。

「姫宮の様子を訊《き》いているなら、息災にしている、とだけ言っておく」

「……あのですね、宮だって、俺がそんなこと聞きにきたんじゃないってことぐらい、わかってるでしょ」

呆れた口調で言い、直輔は畳を指先で、とんとんと叩《たた》く。

「私はただ、書と楽器を教えにいっているだけだ。主上の御依頼《ごいらい》でな」

「そもそも主上に、女一の宮の教育係には兵部卿宮理登親王《しんのう》が最適でしょうって推薦《すいせん》したのは、俺の父なんですがね」

「知っている」

「じゃあ何で俺の父がそうなるよう仕向けたのかも、当然御承知ですよね」

理登は、顔は庭のほうに向けたまま、横目で直輔を見た。

「……姫宮は、失踪《しっそう》時は三歳だぞ」

「ですね」

「何を憶《おぼ》えている？　私はそんな子供のころのことは、憶えていない。きみには三歳かそこらの時分の記憶があるのか」

「いえ、さっぱり」

「それなら、姫宮も同じことだろう」

「本人が憶えてないって言ったんですか？」

「そんなことは訊いていない」

「じゃあ、もしかして憶えてるかもしれないじゃないですか」

　直輔はさらに畳を叩く。

「誰が女一の宮の失踪に関《かか》わっていたのか。狙《ねら》われたのは本当に女一の宮のほうだったのか。女一の宮の養い親は、この件と関わりがあったのか、なかったのか——最低でもこのへんは、把握《はあく》しておきたいんですよ。うちとしては」

「高倉に尋《たず》ねればいいだろう。私よりよほど、姫宮のことをよく知っているはずだ」

「そりゃ、訊けることは訊いてありますよ。けど、高倉はあれで案外、扱《あつか》いづらい女房でしてね。知りたいことを聞き出すには、相手の信頼《しんらい》を得るのが先だから、焦らず待ってほしいの一点張りで」

「……間違っていないな」

　理登は直輔の皿から粉熟《ふずく》をひとつ取り上げ、口に運んだ。

「実際、行方《ゆくえ》知れずになったときの状況については、姫宮が弘徽殿にいたとき、すでに右大臣らがさんざん問い詰《つ》めたと聞いている。だが何度訊いても、結局は何もわからなかったとも」

「……まぁ、そうなんですけどね」

「右大臣や弘徽殿の女房どもが、あまりにしつこく思い出させようとするから、姫宮がおびえて逃《に》げ出そうとさえしたらしい。見ていて気の毒だったと、高倉が話していた。きみもそのことは聞いているのだろう」

「……ええ、まぁ……」

ばつが悪そうに、直輔が頬《ほお》を掻《か》く。

そこへ女房たちが、折敷《おしき》を運んできた。理登の前に白湯の入った大ぶりの椀《わん》が載《の》った折敷を、直輔の前には酒の提子《ひさげ》と杯《さかずき》が載った折敷を置き、奥へ戻《もど》っていく。

「……憶えていないものは仕方がないし、何か憶えていたとして、半年経っても誰も、何も聞いていないのなら、それこそ誰も信頼されていないということだろう」

白湯の椀に手を伸ばしつつ、理登は低い声でそう告げた。

「そんなに頑《かたく》ななんですか、雲隠れの姫宮は」

「頑なことはない。むしろ素直だ」

素直すぎるほどに――という言葉は、白湯とともに飲みこむ。

純子は一見、天真爛漫《てんしんらんまん》だ。

しかしそれは、何もかもうわべだけ美しく取り繕《つくろ》って、その下は泥沼《どろぬま》のように濁《にご》りきった、この貴族どもの世に染まっていないがゆえの純粋《じゅんすい》さであって、純子が心の内に何も苦悩《くのう》を抱《かか》えていないわけではない。

純子が頑固《がんこ》であれば、逆に女房らに気兼《きが》ねせず、好きなようにふるまえただろう。だが純子は素直だった。素直だから、真面目《まじめ》に、必死に、都の生活に適応しようと努力している。……息苦しさにもがきながらも。

これまでの環境《かんきょう》との違いを考えれば、女房の目を盗《ぬす》んで少々御簾《みす》の外に出るぐらい、可愛《かわい》いものだ。

もちろん、皇女という立場上は、あってはならないことではあるが――

「……そんなにいい子ですか」

「は？」

椀を持ったまま、理登は直輔を振《ふ》り返る。

「いや、何て言うか……宮は女嫌いでしょう。わりと」

「……きみのように女好きではないな」

「人のこと節操なしみたいに言わないでください。――正直、意外だったんですよね。宮がすんなり、女一の宮の教育係を引き受けたのが」

直輔が、本当に不思議そうな顔で言った。黙っていれば年相応の、それなりに整った面相をしているのに、たまにこうして妙《みょう》に子供っぽい表情をするので、ひとつだけとはいえ相手が年上であることを、忘れそうになる。

「主上の御依頼だ。断れないだろう」

「断れないにしても、義理立てして二、三回教えたら終わりだろうと思ってたんです。だからこっちも、あんまり期待はしてなかったんですが」

「……人を間者に仕立てておいてか」

理登が冷ややかに直輔を睨《にら》むと、直輔は両手を広げて首をすくめた。

「駄目《だめ》でもともとってやつです。それがほぼ毎日、それも半月も続いてるって聞いて、これはもう天から豆粒《まめつぶ》が降ってくるかもしれないと」

「どういうたとえ話だ」

「それぐらいありえないと思ってたってことですよ。けど、実際続いてるんですから、よっぽど女一の宮をお気に召したのかと」

「……何だと？」

理登の目つきが、ますます剣呑《けんのん》になる。

しかし直輔は涼しい顔で、杯に酒を注いだ。

「高倉からも、聞いてはいたんですがね。女一の宮は常の姫君とは違うから、女嫌いの兵部卿宮には、かえって親しみやすいのかもしれないって」

「……」

高倉ともあろう者が、余計な話をしたものだ。それも、よりによってこういう話題で一番面倒《めんどう》な直輔に。

「で、美人なんですか？」

「……は？」

「女一の宮ですよ。顔、見てるんでしょう？」

いかにも興味津々《しんしん》といった表情で、直輔が身を乗り出してくる。好奇心を隠《かく》そうともしない。

「噂《うわさ》は聞いてるんですがね。色黒で髪が短くて、しかも赤毛だと。……正直これだけ聞くと、到底《とうてい》美人だとは思えないんですが——」

「……どこで聞いた噂だ？」

理登の低く不穏《ふおん》な声色に、直輔はちょっと気まずそうに視線を逸《そ》らす。

「宮中の女房《にょうぼう》どもから。……ああ、まぁ、弘徽殿以外の殿舎の女房たちが、そう話してるだけなんですがね」

「だろうな」

明らかに悪意のある噂だ。不美人の典型だと言っているようなものなのだから。

「弘徽殿と敵対する者たちの噂を鵜呑《うの》みにするとは、きみもその程度か」

「ってことは、美人なんですね？」

すぐに好奇心丸出しの顔に戻って、直輔が身を乗り出してきた。よくもこう、態度をころころと変えられるものだ。

理登はわざとらしいほど大きく、息をつく。

「……私は、美醜《びしゅう》を語れるほど女人の顔を見ていないし、そういうことに詳《くわ》しくもない」

「またそういうことを……」

「仮に語れたとして、姫宮の容貌《ようぼう》について、どうこう言うつもりもない。本人のいないところで、その容色について意見を述べるなど、失礼だ」

実際のところ──純子が美人かそうでないかなど、自分にはよくわからない。

色黒かと聞かれれば、そうかもしれないとは思うが、そもそも化粧《けしょう》をしていないのだから、それは当然だとも言える。そうかといって、白粉《おしろい》をべったりと塗《ぬ》りたくった女人の顔を、美しいと思ったことは特にないので、そういう意味では、純子の自然な容貌は、むしろ好もしいほうだ。何より、とりすましたところのない、豊かな表情、あの明るい笑顔は、美点と言っていいだろう。

それと、髪の長いのが良いとは、よく世間で言われているが、そもそも純子は長らく庶民《しょみん》の暮らしをしていたのだから、それほど髪が伸びていなくても、仕方ないだろう。おそらく、いま伸ばしているのだろうが、たしか腰より下まではあったはずだ。笑われるほど短くはないし、近くで見れば、艶《つや》やかな髪だ。

赤毛に見えたとすれば、少し日に焼けているせいかもしれない。これも外に出るのがあたりまえの生活をしていたのだから、そうなるのも当然だ。外に出る機会が減れば、いずれは黒い髪になるのではないだろうか。

たしかに、一般的に言われている美人の条件には、いまの純子は、当てはまっていないのかもしれない。しかし、髪の長さや少々の色合いで、純子の本質が変わるはずもないし、あの血色の良い、快活さの象徴《しょうちょう》のような頬を、化粧で白く塗り固めてしまうのは、かえって惜《お》しいと思う。

後宮は、帝《みかど》の寵愛《ちょうあい》を争う女人たちが、静かに対立する場所だ。弘徽殿の女御《にょうご》が生んだ姫君について、他の女御に従う女房たちが良く言わないのは、むしろあたりまえのことで、噂が誇張《こちょう》されて伝播《でんぱ》するのも、世の常である。

だが、どんな噂が立ったところで、純子は純子だ。

艶やかな橡《つるばみ》色の瞳も、紅をさしていなくとも色あざやかな唇も、何ら損《そこ》なわれることはない。——以前、純子自身が、噂よりも真実が大切だと言いきったとおりに。

「そんなこと言ってたら、美人の噂が耳に入ってこないじゃないですか」

直輔が呆《あき》れ口調で、乗り出した身を引っこめた。

「私はそれで、困ることは何もない」

「生真面目《きまじめ》っていうか、馬鹿《ばか》真面目っていうか……」

「何とでも言え。きみの下世話な好奇心を満たしてやるほど、私は親切ではない」

不機嫌な顔で、理登は白湯《さゆ》の椀に口をつける。

すると直輔が、探《さぐ》るような目で理登を眺《なが》めていたかと思うと、突然、にやりと口の端を上げた。

「ははぁ、なるほど。――嫉妬《しっと》ですか」

「何？」

「他の男には、自分のお気に入りの姫君に興味を持ってほしくないと。そういうことですね」

「……」

理登が眉間《みけん》を皺《しわ》め、荒《あら》っぽく椀を折敷に戻す。直輔は声を上げて笑った。

「いいじゃないですか。いい傾向《けいこう》ですよ。宮だって、一人ぐらい、若い女人と仲良くしなくちゃいけませんしね」

「馬鹿を言うな」

「いや、結構真面目に言ってますよ、俺は」

笑いを収め、直輔は本当に真顔になる。

「たしかに嫉妬云々《うんぬん》は、からかいました。すみません。ですがね、宮は世の女人から、理《り》不尽《ふじん》にいろいろ言われ過ぎてるでしょう」

「……かつての帝の皇子として生まれたからには、仕方ないこともある」

「だから理不尽なんですって。余計なお世話かもしれませんけど、このままじゃ一生、宮と親しくしてくれる姫君が現れないかもしれないって」

「それと姫宮の件は、まったく別の話だろう」

理登が、直輔の言葉をさえぎった。

「私は姫宮に、書と楽器を教えているだけだ。……それ以上のことはない」

頼まれているから、純子のもとへ通っているだけ。

そう。……それだけのこと。

「いや、まぁ、そうかもしれませんけど……」

何やら口の中でつぶやいて、直輔は首の後ろを掻《か》いた。

「それじゃ――まぁ、いまのところは、女一の宮の教育係、頑張《がんば》ってください。で、そのついでに、親しくお話しして、いろいろ聞き出してくださいよ。女一の宮から」

「……」

結局は、期待されているのは間者の役目だ。理登は渋《しぶ》い表情で、椀を再び取り上げ、半分残っていた白湯を飲み干す。

「まさか、毎日通ってて、本当に手習いの話題だけってことはないでしょう？」

「……少しぐらいは、他の話もするが……」

別に、純子と書や楽器の話しかしないわけではない。手習いの合間には雑談もする。大抵《たいてい》は、純子が都での生活のことをいろいろと質問してきて、自分がそれに答えるといった流れだが、たまには純子の、亡き養い親の話題がまじることもあった。だが、それらはどれも、日常的な思い出話ばかりだ。

純子の様子を見れば、養い親に可愛《かわい》がられて育ったのであろうことはわかる。だから余計なことを尋《たず》ねて、純子が大切にしている思い出に、影響《えいきょう》を与えるような真似《まね》はしたくはないのだ。……本当は。

「私が姫宮からあれこれ聞き出さずとも、左大臣家の人脈があれば、知りたいことは、何でも把握《はあく》できるのではないのか」

わざと皮肉めいた口調でつぶやき、理登はまた音を立てて椀を置く。

淡い鈍色《にびいろ》の雲が流れてきて、日が陰《かげ》った。

「まぁ、たしかに、調べてみてわかったことは結構ありますよ」

直輔は糫餅《まがりもちい》を真ん中でちぎり、半分を口に入れる。

「まず、誰が十二年前の女一の宮の失踪《しっそう》に関《かか》わったのか。宇治の別邸《べってい》から、女一の宮の姿が見えなくなったと女房らが気づいたのは、朝です。ということは、女一の宮は夜中に失踪したと考えられる」

「……三つの子供が、夜中に一人で屋敷を抜《ぬ》け出すか？」

「まずありえないでしょうね。つまり、誰かに連れ去られた可能性が高い。では誰が連れ去ったのか。――これについては、やはり女の仕業《しわざ》だろうと」

「そうだろうな」

いくら夜中のこととはいえ、女御も滞在《たいざい》している屋敷に、見ず知らずの男が入りこむのは難しい。仮に入れたとして、女房たちが大勢いる中、寝所《しんじょ》のある屋敷の奥まで忍《しの》び入るのは無理だと言っていいだろう。それよりは、女のほうがまだ怪《あや》しまれない。

姿を見られても、女房のふりをすればいいだけだ。

「それと――その夜、女一の宮は、双子《ふたご》の兄皇子と並んで寝《ね》かされていたらしい」

「……望平親王《もちひらしんのう》か」

「そうです。……暗闇《くらやみ》の中に、同じ年の子供が二人。どちらがどちらかわからなくて、間違って女一の宮のほうを連れ出してしまった可能性がある」

「……それが、狙《ねら》われたのは本当に姫宮のほうだったのか、という話か」

「皇女をさらう意味がわかりませんからね。皇子のほうなら――まぁ」

「……」

それは、わからなくはない。

皇位継承《けいしょう》からはるかに遠ざかっている立場の自分でさえ、いまだにいろいろと言われるのだ。それが、いまの帝の皇子ともなれば、今後の皇位継承問題は、否応《いやおう》なくついてまわる。

帝の子を力づくでさらい、捨て去るなど、乱暴極まりない行為《こうい》だ。しかしそこまでのことをした者には、それ相応の「意味」があったはずである。

理登が眉根《まゆね》を寄せて黙《だま》りこむと、直輔は糫餅の残り半分を、口に放《ほう》りこんだ。

「もっとも、すべて推論なんですがね。確証が取れている話じゃなく」

「それらしい女を見つけたわけではないのか」

「さすがにそこまでは。何しろひと昔前のことですし、宇治の別邸も、四条右大臣家の持ち物ですからね。裏付けが取れてるのは、大和国で聞き集めた、女一の宮の養い親についての話だけです」

そう言って、直輔は大和国の、とある村の名を口にした。

「――そこに住んでいた夫婦だったそうです。女一の宮を拾い、育てたのは」

「親子というより、祖父母と孫ぐらい年が離れていたそうだな」

養い親の話は、純子から少しは聞いている。

「そのようですね。夫のほうは若いころ、大和のさる土地持ちの有力者のもとで雑色《ぞうしき》をしていたようですが、年をとってからは、生まれ故郷で細々と畑をやるだけだったようで。妻は針仕事で家の暮らしを助けていたらしいですが、まぁ、つましい生活だったみたいですね。二人には子供が三人いて、上の兄姉は育ったものの、一番下の娘は三つかそこらで病死しているとか」

「……よく調べたものだが、そういう暮らしなら、養い親は、姫宮の失踪とは関わりないのだろう」

「そうでしょうね。その夫婦がたまたま出先で、小舟《こぶね》で流されてきた子供を見つけて、拾って育てたということのようですから」

「小舟?」

「宇治川のほとりに流れ着いた小舟の中で、発見されたんだそうです。女一の宮は」

「……」

理登はさらに、眉間の皺を深めた。

つまり、純子は当時、宇治の別邸から何者かにさらわれ、夜のうちに小舟に乗せられて、そのまま川に流されたということではないのか。

直輔に視線を向けると、杯《さかずき》に酒を注いでいた直輔は、提子《ひさげ》を置いてから顔を上げて、片眉をちょっと動かした。

「そこまでしたからには、まぁ、さらった子供がどうなっても構わないと思ってたってことでしょうね」

「……そうだろうな」

もっとはっきり言ってしまえば、死んでも構わないと——あるいは明確に命を奪《うば》う意図を持って、川に流したのだろう。

川へ放りこまずに舟に乗せたのは、自分が直接手を下したという、罪悪感を薄《うす》めるためかもしれないが。

「そういった話は、女一の宮から聞いてなかったんですか」

直輔が探るような目で、理登を見る。

「私が聞いているのは、どうということもない話だ。養い親に縫《ぬ》い物を教わったとか、一緒《いっしょ》に榛《はしばみ》を採りにいったとか」

「……本当に、どうってことない話ですね」

「だからそう言っただろう」

「まいりましたね、どうも……」

直輔は苦笑《くしょう》し、杯を取った。

「女一の宮の素性《すじょう》を当てた大和守のほうが、よほど情報を集めてくれましたよ。宮は間者には向いてないです」

「人選を間違えたな」

「そうとも言いきれませんけどね。──少なくとも、高倉の言う、相手に信頼《しんらい》されるか否かという点では、宮は女一の宮の信頼を得たわけでしょう」

「……」

理登は口を引き結び、庭のほうに顔を向け、睨《にら》むように空を見つめる。

息苦しさをわかってもらえたと、泣いた純子。

長年育った場所を離れ、きっと寂《さび》しいのだろうと──頭ではわかっていたつもりだったが、それがどれほどのものなのか、本当のところで、おそらく自分は、理解していなかったと思う。

自分の足で外を歩くという、これまであたりまえにできていたことさえ許されない、そのうえ習得しなければならないことは山ほどある、そんな環境《かんきょう》の変化を、純子は純子なりに、覚悟《かくご》はしていただろう。

途惑《とまど》いながらも、純子は必死《しし》に、慣れようとしている。

だが周囲は、早く慣れろと強いるばかりで、途惑いには無頓着《むとんちゃく》なのだ。せめて女房《にょうぼう》どもが、純子の途惑いに少しでも気遣《きづか》いを見せていれば、純子の気持ちも、ずいぶん違っただろうに。

純子は自分に対していつも表情豊かで、笑顔ばかりだ。だが、高倉以外の女房にも、あの笑顔を向けているのだろうか。女房たちの様子を見るに、打ち解けているようには思えない。

高倉は、純子とは親以上に年が離れている。もっと純子と年が近い、理解者はいないのだろうか。

「……姫宮の乳母《めのと》は、どうしている？」

「はい？」

理登の唐突《とうとつ》な問いに、直輔は首を傾《かし》げる。

「乳母は当然いただろう。失踪前に。それと乳兄弟も」

「……ああ、女一の宮の。ええ、いましたよ。主だった乳母が、兄皇子と女一の宮それぞれに一人ずつと、あと補佐《ほさ》の乳母が何人か。女一の宮の乳母には、男の乳母子がいたそうで」

「いまはどうしている」

「女一の宮の乳母は、失踪から一年か二年後に死んでます。おそらく心労が元じゃないかと。乳母は何をしていたんだって、ずいぶん周りに責められたらしいですから。補佐の乳母どもは、素知らぬ顔で兄皇子側《がわ》についたんだとか」

「……そうか」

責任を一人で負わされたのだろう。理不尽《りふじん》なものだ。

「それで、乳母子のほうは」

「乳母子は、女一の宮失踪よりもっと前に、病《やまい》で亡《な》くなっていたそうです」

「では、女一の宮には当時の乳母も乳母子も、すでにいないのか」

「そうなりますね。――急にどうしたんですか？」

直輔が身を乗り出してくる。理登は少し目を伏《ふ》せ、いや、と言った。

「何でもない。……姫宮に、年の近い話し相手がいるといいのではないかと、思っただけだ」

「いまのところ、宮がその相手でしょう」

「私は男だ。八つ違いでは、年も近いとは言えない」

乳母や乳母子も当てにできないとは、ますます難しい。せめて女房たちが、もっと純子の気持ちに寄り添うようになればいいものを。

「しかし、その怖《こわ》い顔で、よく女一の宮に懐《なつ》かれましたよね。正直、それも意外でしたよ」

「……何？」

振《ふ》り向くと、直輔は脇息《きょうそく》に頬杖《ほおづえ》をつき、理登の顔をまじまじと眺《なが》めていた。

「どうせ女一の宮の前でも、その仏頂面《ぶっちょうづら》なんでしょう？　よく怖がられませんでしたよね。それどころか、きれいだと褒《ほ》められたとか」

「……」

これも高倉が、余計なことを教えたのか。

理登は大きく息を吐《は》き、険しい面持《おもも》ちで腕を組む。

「私のことは、どうでもいいだろう。――とにかく、きみたちが期待するような情報を、私は姫宮から引き出してはいないし、無理に引き出すつもりもない。きみの用がそれだけなら、私の返事もそれだけだ」

そう告げて、理登は口を引き結んだ。

風に吹かれて、庭の楓《かえで》が枝葉を大きく波打たせる。小笹《こざさ》の茂《しげ》みの陰《かげ》にいた雀《すずめ》が数羽《わ》、いっせいに飛び立った。

「——わかりました」

直輔が両膝《ひざ》を叩《たた》き、苦笑まじりに言った。

「今日はこれでおいとましましょう。宮は引き続き、女一の宮の教育係、頑張《がんば》ってください」

言われなくても、引き受けた以上、純子が並の姫君と同じぐらいに書や楽器を習得できるまで、付き合うつもりだ。自分が引き受けたのは教育係であって、間者の役目ではないのだから——

そう言い返そうとして、理登はふっと、組んでいた腕を解いた。

「……直輔」

「はい？」

「左大臣は、誰を疑っている？」

「……」

腰を浮《う》かせかけていた直輔が、座り直す。

「誰を、とは？」

「結果として間違えたにせよ、下手人が亡き者にしようとしたのは、兄皇子の望平親《しん》王《のう》である可能性が高いのだろう？　その望平親王がいなくなって最も得をするのは、左大臣家ではないのか。——何しろ、いまの東宮に万一のことがあった場合に、次の東宮の位を争うのは、望平親王と祐平《さちひら》親王になるわけだから」

いまの帝《みかど》には、現在、四人の皇子と三人の皇女がいる。次代の帝となる東宮に立てられている第一の皇子が、右大臣の異母妹である登花殿《とうかでん》の女御《にょうご》が生んだ、朝平《ともひら》親王。

その他に、右大臣の同母妹である弘徽殿の女御が生んだ双子《ふたご》の男女、第三皇子の望平親王と、純子内親王。

そして左大臣の娘である藤壺《ふじつぼ》の女御が、第二皇子の祐平親王を含《ふく》む、二男二女。

現時点では第一の皇子が立太子されているが、その朝平親王は生来病弱で、以前から二十歳まで生きられるかどうかと、ささやかれていた。

もしも、朝平親王が帝の位に就《つ》く前に逝去《せいきょ》してしまった場合、順番でいけば、次の東宮になるのは第二皇子の祐平親王である。しかし祐平親王と望平親王は、どちらも十五歳——祐平親王のほうが、たった十日早く生まれただけの、同い年だった。先に生まれたからといって、さほど優位なわけではない。

祐平親王の外戚《がいせき》である左大臣家にとって、右大臣家を外戚とする望平親王は、はっきり言ってしまえば、邪魔《じゃま》な存在であるはずだ。

「まぁ、たしかに、望平親王が消えて得をするのは、うちのほうですがね。事実、女一の宮が失踪《しっそう》したとき、望平親王と間違えてさらったんだろうって、うちがずいぶん疑われましたから」

さらりとそう答え、直輔がうなずく。

「けど、うちはそこまでのことはしません。いま主上の御寵愛《ごちょうあい》を一番に得ているのは、うちの姉、藤壺の女御ですからね。そんな危ない橋を渡って、子煩悩《こぼんのう》な主上の御不興を買うことになったら、何の意味もない。むしろ疑われて迷惑《めいわく》だ。……まぁ、本音を言えば、どうせ迷惑を被《こうむ》るなら、間違えないで兄皇子のほうをさらってってくれりゃよかったのにって、下手人に言ってやりたいですがね」

言葉の後ろ半分を早口で言い、直輔は口元に皮肉っぽい笑みを刻んだ。

直輔と知り合ったのは元服前のことだが、何だかんだと付き合いが続いているのは、この男の、こういう明け透《す》けな性分《しょうぶん》のせいだろう。変に取り繕《つくろ》わないぶん、かえって信用できる。

「それなら何故、姫宮をさらった者のことを調べる？　濡《ぬ》れ衣《ぎぬ》を着せられた腹いせか？」

「それもありますけど、単純にそいつの目的が知りたいだけですよ。その目的が、右大臣家に害をなすだけなら放《ほう》っておいても構いませんが、うちにも何らかの影響《えいきょう》があるようなら、見過ごすわけにはいきませんからね」

「……なるほど」

そうやって何もかも把握《はあく》しておかなければ、手にした権力を維持《いじ》していくのは難しいのだろう。自分には到底《とうてい》、真似《まね》できないことだ。真似したいとは思わないが。

「尋《たず》ねたかったのは、それだけだ。引き止めて悪かった」

「いえいえ。何か訊《き》きたいことがありましたら、いつでも、何でもどうぞ。——ああ、そうだ」

直輔が何かを思い出した様子で、軽く手を打った。

「お忙《いそが》しいでしょうが、たまには前の斎院《さいいん》のところにも、顔を出してくださいよ。皆、宮の笛を聴《き》きたがってますから」

前の斎院——何年か前まで賀茂《かも》の斎院を務めていた、自分には叔母《おば》にあたる内親王だ。和歌や楽器に精通しているため、以前から親しくしているのだが、純子の教育係を頼まれてからは、一度も訪ねていない。……もっとも、行けば他の来客と鉢合《はちあ》わせすることも多々あるので、あまり頻繁《ひんぱん》に訪問したいとも思わないのだが。

「……そのうちお伺《うかが》いしますと、伝えてくれ」

それだけ答え、理登は目を伏せた。

直輔が立ち上がる気配がして、やがて静かな衣擦《きぬず》れの音が遠ざかっていく。奥から女房の、お帰りですか、という声が聞こえた。

直輔の気配が完全に消えてから、理登はゆっくりと目を上げる。辺りにはまだ手つかずの菓子《かし》や、空になった杯《さかずき》が残されていた。

「……」

理登は独り、深く息をつく。

直輔たちの左大臣家と、純子の母の実家である、右大臣家。何かと争っているのは承知しているが。

……面倒《めんどう》なことに巻きこまれなければいいが。

自分も、そして、あの純真無垢《むく》で孤独《こどく》な姫宮も――

◇◇　◇◇　◇◇

「いまのところは、もう少し速く。……これぐらいに」

理登が手元の和琴《わごん》を爪弾《つまび》き、手本を見せた。うなずいて、純子は自分の前にある和琴を、同じように弾いてみる。

「……あー」

速くは弾けたが、絃《げん》を押さえる間を外してしまい、純子は思わず声を上げた。

「いや、その調子でいい。何度か続ければ、外さずにできるようになる」

「……はい」

稽古《けいこ》あるのみ、だ。純子は琴軋《ことさき》を持ち直す。

「兵部卿宮様――」

それまで少し離れたところに座り、黙って稽古の様子を見守っていた高倉が、控《ひか》えめに理登に声をかけた。

「いかがでございましょう。姫宮様が、何か一曲お弾きになれるまで、あとどれくらいかと思われますか」

「……何か一曲か」

理登が背筋を伸ばし、高倉に目を向ける。

「姫宮は筋が良い。私が教える前から、ひととおりは習っていたようだし、一人での稽古もよくしている。そう難しいものでなければ、一曲ぐらいは、ひと月かからずに仕上げられるだろう」

「左様でございますか」

理登の返事を聞き、高倉が少しほっとしたような表情を見せた。

すると理登が、微《かす》かに眉《まゆ》をひそめ、怪訝《けげん》な顔をする。

「何かあるのか。姫宮が一曲弾けるようにならなければいけないようなことが」

「えっ……」

理登の言葉に、急に不安になって、純子も顔をくもらせた。

「いえ、そうと決まったわけではございません」

高倉は落ち着いた様子で、ゆっくりと首を横に振る。

「実は今朝方、弘徽殿より使いがまいりまして……。近いうちに姫宮様を後宮へ戻《もど》してほしいとの、弘徽殿の女御様からの仰《おお》せがございまして」

「え?」

「何でも、主上が前々より、姫宮様が無事に都へお戻りになられたお祝いの宴《うたげ》を開きたいと、お望みでいらっしゃるのだそうです。それで……」

　高倉の言葉を聞き、理登が眉根を寄せたまま、目を細めた。

「そこで姫宮が、琴《こと》を披露《ひろう》するのか」

「そうとは限りませんが、そのようなことにならぬとも限りませんので……」

「万一のことも考えて、ということか」

　理登が納得《なっとく》したようにうなずく。だが純子には、琴を弾くことよりも、その前提のほうが問題だった。

「後宮って、わたしが最初に、十日だけ住んだところよね？　弘徽殿？　またそこに住むの？」

　右も左もわからない時分に、あれをするなこれはおかしいと、大勢の女房《にょうぼう》に寄ってたかって、さんざん責められた場所だ。

　ここの女房たちも似たり寄ったりだが、何事につけても、あまりやる気のないぶん、純子にとっては、見張られているのかと思うほどに干渉《かんしょう》してくる弘徽殿の女房たちより、適度に放っておいてくれるここの女房たちのほうが、幾《いく》らかましだった。

「こちらはもともと、仮の住まいでございますので……。姫宮様は、いずれはお母君様のもとへ、お戻りにならねばなりません」

「えー……」

不満を隠《かく》さない声を上げ、純子は肩を落とす。

すると理登が、少し声を小さくして訊いてきた。

「後宮には、戻りたくないのか」

「戻りたくないです。だって、ここよりたくさん人がいて、いつも見張られてるみたいだし、簀子《すのこ》どころか廂《ひさし》に出ようとしただけで怒《おこ》られるし、よくわからないことばっかり訊かれるし……」

思わず早口でまくし立ててしまい、純子は慌《あわ》てて口元を袖《そで》で隠す。

「……何だか、あそこ怖《こわ》いんです。だから……」

この屋敷の中でさえ、こんなに窮屈《きゅうくつ》に感じられるのだ。弘徽殿に戻ったら、きっと、もっと息苦しい。

「……そうは仰《おっしゃ》いましても、いずれ後宮へお戻りになることは、こちらに来られたときから、決まっておりましたので……」

高倉が、困ったように念を押す。嫌だと駄々《だだ》をこねたところで、それはただの我儘《わがまま》でしかないということだ。

「姫宮が弘徽殿に戻ったら、私の役目も終わりだな」

「――えっ!?」

純子は琴軋を取り落し、理登を振《ふ》り返った。

「宮様の役目って、あの」

「私が姫宮に、こうして直《じか》に書や楽器を教えられるのは、ここが弘徽殿ではないのと、姫宮がまだ、裳着《もぎ》をしていないからだ」

和琴をちょっと脇《わき》へどけて、理登が静かに告げる。

「姫宮を後宮へ戻すことに、主上が同意されておいでなら、それは私が姫宮に、概《おおむ》ね教え終えたと御判断されたか、近々裳着の式を行うことを見据《みす》えて、今後は弘徽殿の女房らによる教育でよいと、お考えなのだろう。姫宮の兄皇子は、すでに元服済みだ。姫宮もそろそろと思われても、おかしくはない。姫宮が裳着を済ませれば、私とは、もう顔を合わせて話すことは、できなくなるわけだから」

「……」

裳着は大人になるための儀式《ぎしき》。子供のうちは人前に顔を出せても、大人になったら、もう、直接言葉をかわすことさえ難しくなる。お姫様が大人になるとは、そういうことだと――聞かされたことは、あったけれど。

「わたし、まだ、教わりたいです。宮様に、いろいろ……」

純子は理登と高倉を、交互《こうご》に見た。

「ねぇ、だって、まだ一曲も弾けないし、手習いだって全然……。宮様、香《こう》の作り方も教えてくれるんですよね？」

「姫宮様――」

「嫌。わたし嫌だよ。宮様と会えなくなるなら、裳着なんてしないから。主上にも、そう伝えて」

「……」

高倉は明らかに困惑《こんわく》していたが、純子はきっぱりと、首を横に振る。

理登も幾らか途惑《とまど》い気味に、しかし、と言った。

「主上の御意向《ごいこう》には沿うべきだ。いや、沿わなくてはなるまい」

「嫌なことは嫌って言わないと、伝わらないじゃないですか」

「それでも、嫌だけではすまないこともある。……姫宮は十五歳だろう。年が明ければ十六だ。裳着の年齢としては、早いほうではないし、姫宮の立場では、裳着は避《さ》けられない儀式だ」

嚙《か》んで含《ふく》めるように、理登が純子に言い聞かせる。

純子は下を向き、唇を嚙んだ。

「……避けられないのは、わかってます。我儘なのも……。ただ、いますぐにっていうのは嫌なんです。宮様に教わりたいこと、もっとたくさんあるのに……」

　字は書けるようになってきたが、まだまだだ。和琴も一曲弾けるか弾けないかで、しかも自分でもたどたどしいと思う。和歌は相変わらずまったく駄目《だめ》だし、香も作り方を教わる約束をしているものの、手習いを優先しているので、実際にはまだ一度も教わっていない。

「姫宮様、落ち着いてくださいませ。裳着のお話は、まだ弘徽殿では出ておりません」

　高倉がなだめるように言った。

「もちろん、いずれは裳着のお話も出るでしょう。ですが、いまはまだ、後宮にお戻りになることだけでございますので……。それに姫宮様のお勉強の件も、今後は女房に任せると、主上が御明言されたわけではございません」

　純子は表情を強張《こわば》らせていたが、高倉の言葉に、ふっと顔を上げる。

「姫宮様が、どうしても兵部卿宮様に教わりたいと御希望でしたら、私から主上に、その旨《むね》をお伝えいたします」

「……本当？　お願いしてくれる？」

「御希望どおりになるとは限りませんが、お伝えするだけは、お伝えいたします」

はっきりとした口調でそう請け負《う》った高倉に、純子は安堵《あんど》の息をついた。

自分でも、我儘だとは思う。それでも、何も言わずに納得のいかない方向へ流されるよりは、たとえ思うとおりにはならないかもしれなくても、一度は自分がどうしたいのかを伝えておきたかった。

今日この後、宮中に行ってくるから、車の支度を申しつけてくると言って、高倉が席を外した。南の廂に、純子と理登が残される。

子供たちのはしゃぐ声が、どこからか聞こえてきた。女房の子供たちが、遊んでいるのだろう。

「……裳着は、まだ先のこととしても、私が弘徽殿を訪ねて、姫宮にこれまでどおり指導するというのは、難しいだろう」

理登が口を開き――淡々《たんたん》と、純子に告げる。

「誰より、弘徽殿の女御《にょうご》が納得するまい。後宮勤めをする女房らの中には、書や楽器に長《た》けた者もいる。私でなくとも教える役目は務まると、考えるはずだ」

「……主上にお願いしても、駄目ですか」

「わからない。……私は難しいと思っている」

低くつぶやいて、理登は目を伏《ふ》せた。

猫の影《かげ》が、御簾《みす》の向こうをのっそりと通り過ぎていく。

純子はうつむいて、袿《うちき》の袖を握《にぎ》りしめた。

「わたし、寂《さび》しいです。……宮様と、会えなくなってしまったら……」

「……」

理登が何か言った気がした。

だが、外を吹く強い風の音にかき消されて、その言葉は純子の耳には届かなかった。


翌日、純子は東四条殿から、宮中の弘徽殿へ戻《もど》された。

これからも理登に書や楽器を教わりたいという純子の希望は、弘徽殿の女御によって却下《きやっか》され、今後の純子の教育は、弘徽殿の女房たちによって担《にな》われることとなり、これで純子が理登と顔を合わせる機会は失われた。


弘徽殿は、内裏《だいり》にある後宮七殿五舎のうちのひとつだ。

現在の帝《みかど》には、五人の女御がいるという。東宮の生母である登花殿の女御。純子とその双子《ふたご》の兄皇子の母である、弘徽殿の女御。二人の皇子と二人の皇女を生んでいる、藤壺の女御。そして桐壺《きりつぼ》の女御と、宣耀殿《せんようでん》の女御。桐壺の女御と宣耀殿の女御には、子はいないらしい。

どの女御も、それなりに官位の高い家の出の姫君で、その中でも、特に実家が力を持っているのが、左大臣の娘である藤壺の女御と、右大臣の妹である弘徽殿の女御、同じく右大臣の妹――ただし異母妹である、登花殿の女御の三人。

だが、誰が一番帝の寵愛《ちょうあい》を得ているかといえば、これはいまのところ、藤壺の女御だということだ。

と――そんなあれこれを高倉から聞かされはしたが、純子にとっては、さして興味をひかれない話だった。もっとも、後宮に戻る以上は、興味はなくとも、ひととおり承知しておかなくてはならないことだというが。

……憶《おぼ》えたからって、他の女御様に挨拶《あいさつ》に行くわけでもないし、主上の御寵愛とか、娘のわたしには関係ないし……。

細殿《ほそどの》と呼ばれる弘徽殿西廂の一角に座り、純子は息を詰《つ》めて周囲をうかがっていた。

今朝、東四条殿から、この弘徽殿に移された。

まさか昨日の今日で後宮に戻ることになるとは、思ってもいなかった。高倉にとっても、予想外の事態の早さだったらしい。

昨日、理登が帰ってから宮中へ行った高倉は、まず弘徽殿の女御に挨拶した後で、純子の希望を伝えるため、主上への目通りの手はずを整えようとした。ところがその前に、弘徽殿の女御から、明朝すぐに純子を連れてくるようにと、命じられてしまったというのだ。何でも東四条殿の主である右大臣が、純子が滞在《たいざい》していた西の対に、他所《よそ》で暮らしている娘を、急いで住まわせたがっているのだという。

右大臣は、東四条殿の寝殿《しんでん》で、正妻やその娘とともに生活しているが、他にも都のあちこちに妻を持ち、夜ごと通っているそうで、昨年、その妻たちのうち一人が亡《な》くなったため、その妻が生んだ娘たちを、自邸《じてい》に引きとることにした——という事情があるらしかった。

そのために純子が追い出されるかたちになり、高倉は納得《なっとく》がいっていない様子だったが、純子にとっては追い出されたことより、これで理登に会えなくなってしまったことのほうが、はるかに問題だった。

弘徽殿に戻るにしても、もうしばらく先だろうと思っていたし、主上に希望を伝えてもらえるものだと思っていた。高倉は弘徽殿の女御にも純子の要望を伝えたというが、何を馬鹿《ばか》なことを、という雰囲気《ふんいき》で一蹴《いっしゅう》されたらしい。もともと理登が純子の教育係となることは、主上の指示ではあったが、弘徽殿側はいい顔をしていなかったので、仕方ないだろうと、高倉が移動中の車内で話していた。

折を見て、あらためて主上に伝えると、高倉は約束してくれたが、その表情からは、希望が通ることはなさそうだと察せられた。

細殿と南の母屋《おもや》を仕切る御簾の向こうから、人の気配とひそひそ声がする。弘徽殿の女房たちが、こちらをうかがっているのだろう。

側《そば》には高倉が控《ひか》えているが、高倉の顔色も、どことなく青白く見えた。

やがて目の前の御簾がするすると巻き上げられ、どうぞ奥へ、と声がかけられる。

純子は黙って、高倉とともに中に入った。

昼間だというのに薄暗く、辺りには幾《いく》つもの几帳《きちょう》や屏風《びょうぶ》が置かれて、整然としてはいるものの、狭苦《せまくる》しい。

几帳の陰《かげ》に目をやると、二枚並べた畳《たたみ》に錦《にしき》の縁《ふち》の茵《しとね》を重ねて敷《し》いた座に腰を下ろしている、あざやかな櫨紅葉《はじもみじ》の重ね色の衣を着た、四十手前ほどの年の女人の姿が見えた。自分の母親だという人――弘徽殿の女御だ。

純子は女御の前に手をつき、頭を下げた。

「……御無沙汰《ごぶさた》しております」

挨拶の仕方は高倉に教わった。弘徽殿では丁寧《ていねい》な言葉遣《ことばづか》いを心がけるように、とも言い含《ふく》められている。

「元気にしていましたか、姫」

「……はい。元気でした」

ここに来るまでは。

純子が顔を上げると、女御は満足そうに、だがどこを見ているのかよくわからないような目で、ゆったりとうなずいた。

「四条では寂しかったでしょう。長いこと独りにしてしまいましたね。これからは、ここで楽しくお過ごしなさい」

「……」

どう返事をしていいのかわからず、純子は黙って目を伏せる。

寂しくはなかったし、独りでもなかった。楽しく過ごせてもいた。……理登が来てくれていたあいだは。

純子の沈黙に気を悪くした様子もなく——というよりも、そもそも純子の反応を深読みする気もないのだろう、女御は周囲の女房たちに、菓子《かし》でも用意してやり、と言いつける。

そのとき、がたがたと板を踏《ふ》む音が聞こえた。たしかこれは、弘徽殿の北の母屋と南の母屋を分ける馬道《めどう》に渡された厚板を、誰かが勢いよく通っているときの音だ。

以前、十日間だけ弘徽殿にいたころ、自分も一度、殿舎の中で迷って渡ったことがあったが、かなり派手な音を立ててしまい、女房たちにさんざん怒《おこ》られたことを思い出した。

自分以外に、あんな音を立ててあの板を渡る者など、ここにはいないはずだが——

「一の姫、一の姫が戻ったって？」

若い男の——しかし男にしてはやや幼いような、細く高い声が聞こえ、青の直衣《のうし》を着崩《きくず》した、声の印象と同様、まだ少年と言っていいような面差《おもざ》しの男が、部屋に入ってくる。純子の双子の兄、望平親王《しんのう》だ。

足音からして、走ってきたわけではない、せいぜい少し早足程度だったはずなのに、望平は息を切らしていた。ほぼ半年ぶりに見たが、相変わらずふっくら肥え気味の、生白い顔をしている。

「まぁ、松宮《まつのみや》様……」

「あらあら、そんなにお急ぎになっては、危のうございますよ」

そんな望平を見た女房たちが、ころころと笑った。

そういえば、この兄が皆に「松宮」と呼ばれていたことは、すっかり忘れていた。東四条殿の女房や宮中の女官は、たしか「三の宮」と呼んでいたので、この兄のことを松宮と呼んでいるのは、たぶん弘徽殿の女房たちだけなのだろう。

「……御無沙汰しております、兄上様」

抑揚《よくよう》のない口調で純子が挨拶すると、望平は母親そっくりの満足げな表情で、二度、うなずいた。

「よく戻ったねぇ。心配していたんだよ。寂しかったろう？　夜、怖《こわ》くて泣いたりしなかったかい？」

「……はぁ」

己《おのれ》と同時に生まれた妹を、いったいどんな子供だと思っているのだろう。

そういえば、前に弘徽殿にいたあいだも、田舎《いなか》育ちの自分をずいぶんと不憫《ふびん》がって、人形遊びをしようと、毎日のように誘《さそ》われたことを思い出した。田舎ではろくな遊びができなかっただろうから、とか何とか言っていたが、離れてから落ち着いて考えてみると、どうもこの兄は、妹が三歳でさらわれたきり、成長を止めたと思いこんでいるふしがあるのではないかと、疑わざるをえなかったのだが。

「もう大丈夫だよ。これからは、私が一緒《いっしょ》に遊んであげるから。そうだ、新しい人形を作ろうか」

「……」

やっぱり三歳の子供扱《あつか》いだ。

純子が高倉を振《ふ》り返ると、高倉も何やら微妙《びみょう》な顔をしている。

だが、途惑《とまど》っているのは純子と高倉だけのようで、女御や周囲の女房たちは、いかにも微笑《ほほえ》ましいといった様子で、望平と純子を眺《なが》めていた。

「まぁ、松宮様、おやさしいこと……」

「ようございましたわね、姫宮様」

「早速お菓子とお人形の用意をいたしましょうね」

「姫宮様、お人形遊びもよろしいですが、手習いもしなくてはなりませんよ。お勉強も大切でございますからね」

いや、むしろ手習いだけでいい。十五にもなって、人形で遊ぼうとは思わない。

しかし望平は、勉強も大切と言った女房に、むっとした顔を向けた。

「何だ、厳しいな。一の姫は帰ってきたばかりなんだよ？　今日ぐらいはいいじゃないか。前のときだってそうだよ。一の姫はまだ小さいっていうのに、みんなであれはいけない、これもいけないってさ」

「……」

前にここにいたときも、もう十五になっていたが。

「小さくても、いけないことはいけませんので……」

「でも、たしかに私どもも厳しすぎましたわね。それは反省しておりますのよ」

「これからは、お勉強も遊びも半々に……」

女房たちが口々にそう言いながら、甲高《かんだか》い笑い声を上げる。……妙に寒々しいのは、外が冷えてきたことが原因ではないはずだ。

「……あの、すみません」

純子は少し強い口調で、女房たちの笑いをさえぎった。

「ちょっと気分が悪いんです。今日は休ませてもらえませんか」

「あら……」

弘徽殿の女御が、あまり驚いた様子もなく、どこかのんびりと声を上げる。

「そうなの。……それなら、誰か、床《とこ》の支度をしておやり」

「ええっ？　一の姫、どこか悪いのかい？　薬がいるのかな？」

望平が、あたふたと左右を見まわし始めた。純子は顔をしかめ、首を振る。

「平気です。休むだけでいいんです」

「ずっと車に揺《ゆ》られ、お疲れになったのでございましょう。静かに横になるのが一番です。――姫宮様、どうぞこちらへ」

高倉が純子の肩を支え、さりげなくその場から連れ出した。

「御気分《ごきぶん》がすぐれぬときは、風通しのよいところでお休みになるほうがようございますね。南廂《みなみびさし》に床をお作りいたしましょう。――そこの格子を上げなさい。そのあたりに畳を敷いて、それから……」

有無《うむ》を言わさぬ口調で、高倉が若い女房たちに次々と指示を出す。

明るい場所に座らされて、純子はようやく、ほっと息をついた。

「……ありがとう、高倉」

「いえ。ただいま白湯《さゆ》を持ってこさせますので――」

そう言いつつ、高倉が素早く後ろを振り返る。

「松宮様は、どうぞあちらへお戻《もど》りなさいませ。姫宮様には、私どもが付き添《そ》いますす」

見ると、望平が御簾《みす》をくぐり、南廂へ出てこようとしているところだった。

暗に入ってくるなと止めた高倉に、望平は下唇を突《つ》き出し、不満げな顔をする。

「何だよ、せっかく私が一の姫に楽しい話をしてやろうと思っているのに」

「姫宮様は、お疲れなのでございますよ」

「楽しい話を聞けば、疲れなんて消し飛ぶだろう?」

「御気分がすぐれぬ方は、静かにお休みになるのが一番なのです。お話は後日になさいませ」

「気が利《き》かないなぁ、高倉は……」

ぶつぶつ文句を言いながらも、望平は御簾の向こうに引っこんだ。純子は思わず額を押さえる。

「大丈夫でございますか」

「……本当に頭痛くなってきそう」

ため息をつき、純子は脇息《きょうそく》に顔を伏《ふ》せた。

気分が悪いと言ったのは方便だったが、もしかしたら、自分はいま、本当に疲れているのかもしれない。

「……ねぇ、高倉」

のろのろと頭を上げ、純子は小さな声で呼びかけた。

「わたし、何も言えなかった」

「何でございますか」

「宮様。……お礼も、お別れも……」

「……」

高倉の手が、いたわるように、肩に添えられる。

「文《ふみ》を……お書きなさいませ。兵部卿宮様から習われたお手跡《しゆせき》で……」

「……書いたら、届けてくれる？」

「必ず」

高倉も小声で、しかしはっきりと返事をした。

「……わたしの硯箱《すずりばこ》は？」

「東四条より運んでまいりました荷物の中に」

「持ってきて。……書きたい」

「承知いたしました。少しお待ちくださいませ」

「うん。……お願い」

うなずいて、純子は再び脇息にもたれ、目を閉じる。

何かとても、冷たいものが胸の底に広がっているような気がしていた。

こんなことになるなら、昨日、もっと理登と話しておくのだった。

どんな話でもいい。もっと、たくさん。

しばらくして、高倉が純子の硯箱を持ってきた。純子は無言で、蓋《ふた》を開ける。

……あ。

やわらかな香りが、微《かす》かに鼻をかすめた。

これは、理登の――

「……」

硯箱の中には、理登が純子のために書いてくれた書の手本が、数枚、残されている。

その手本の紙に、理登の香《こう》の匂《にお》いが移っていたのだ。

純子は手本の一枚を手に取り、そっと頰《ほお》に押しあてる。

無愛想な、それでいてやさしい面差しが瞼《まぶた》の裏に浮《う》かび、純子の目からひと粒《つぶ》、涙がこぼれ落ちていた。

「――それでね、右馬助《うまのすけ》はすっかり、伊予《いよ》と結婚できるって信じこんでさ。おかしいよねぇ。当の伊予は、右馬助のことなんて何も知らないんだからね。あはは……」

「……」

自らの話に大笑する望平を前に、純子は扇《おうぎ》で顔の下半分を隠《かく》し、そっとため息をつく。

弘徽殿に戻されて、今日で五日。

初日は具合の悪いふりをして過ごしたが、次の日からはそうもいかず、純子が望平の「厚意」に振りまわされる日々が始まった。

望平は、純子が本当に人形遊びをしたがっていると信じているようで、純子を女《め》童《わらわ》や女房《にょうぼう》の子たちの輪に加え、皆で遊ぶようにと命じてきたのだ。気乗りはしなかったが、小さい子たちの子守をしているつもりで、どうにかこの日はやり過ごした。

しかし望平の見ている前で、一日中人形遊びを強要された疲れが出たのか、三日目に今度は仮病《けびょう》ではなく熱を出してしまい、朝から寝こむ破目になった。

女房たちは、やれ薬だ祈禱《きとう》だと騒《さわ》いだが、これは高倉が一喝《いっかつ》してくれて、ようやく何とか静かに過ごせるかと思いきや、またも望平が乱入してきて、熱が出たら菓子《かし》をたくさん食べれば治ると、よくわからないことを言い出し、純子に無理やり唐菓子《からくだもの》や木菓子を食べさせようとして、また騒動《そうどう》になった。聞けば望平は、子供のころから、熱が出たときは菓子しか食べなくなるのだという。

さすがにこのときは、高倉以外の女房も止めてくれて、それほどの高熱ではなかったというのに、結局は丸二日、伏せったままになってしまった。

そして五日目の今日——熱も下がり、どうにか起きた純子のもとに、見舞《みま》いと称《しょう》してまたも望平が顔を出し、元気になるように面白い話をしてやろうと言って、さっきからずっと、喋《しゃべ》り続けている。

よりによって、高倉は朝から出かけており、他の女房が数人、純子に付き添っていたが、望平をたしなめるどころか、一緒になってお喋りに興じている有様だ。

それにしても望平の話は、地方官への任官推薦《すいせん》を頼んできた下級役人に、さんざん気をもたせておきながら何もしてやらなかったとか、弘徽殿の女房の一人に求婚の文を送ってきた男に、別の女房が勝手に求婚を受ける返事をしてしまい、喜んで会いにきた男に恥《はじ》をかかせたとか、面白いどころか、まったく笑えない内容ばかりで、また気分が悪くなりそうである。

……ここにずっといたら、こんなことで笑うようになっちゃうのかな……。

ひどい話で大笑いできる望平と女房たちが不気味で、純子は扇の陰《かげ》で、顔を引きつらせていた。

初めて扇を持たされたときは、こんなものを持ち歩くなんて面倒だと思っていたが、まさか扇が、これほど役に立つとは知らなかった。とりあえず扇で顔を隠せば、笑っていなくてもごまかせる。

だが、この先ずっと扇で顔を隠し、おかしくもない話で笑うふりをしなくてはならない生活なんて——そんなのは、絶望しかない。

いっそもう、不愉快《ふゆかい》だからあっちへ行けと、怒鳴《どな》ってやろうか。そんな考えが頭をよぎったそのとき、几帳《きちょう》の向こうから、別の女房が声をかけてきた。

「失礼いたします。松宮様はおいでですか。女御《にょうご》様が、松宮様がこちらにお渡りでしたら、お顔をお見せするようにと、仰《おお》せでございますが……」

「——え？　ああ、そうだ。母上様に御挨拶《ごあいさつ》する前に、こっちに来てしまったんだ」

望平は残念そうにつぶやき、眉根《まゆね》を寄せる。

「一の姫、ごめんよ。母上様に呼ばれたから、もう行かないと」

「あ、いえ……」

ほっとした顔を扇で隠したまま、純子はうなずいた。これでようやく、善意の押し売りから解放される。

「行っていいです……どうぞ、お行きください」

母や兄に関しては、なるべく丁寧《ていねい》な言葉遣《ことばづか》いをするようにと、高倉に言われていたのだった。純子は急いで言い直し、望平をうながす。

「じゃあ、いまの話の続きは、また明日にね」

「……」

こんな話がまだ続くなら、聞きたいとは思わないが。

純子は黙って軽く頭を下げ、望平を見送った。

……遠くに行きたいな。

すごく遠い場所でなくていい。都の中でいいのだ。ここではない、どこか別の——

もっと安心してすごせるところで、暮らしたい。

そんなことを考えながら、純子がずるずると脇息《ふ》にもたれかかると、望平が場を離れてもお喋りに花を咲《さ》かせていた女房たちが、振り向いた。

「あら、姫宮様、どうなさいましたの?」

「眠《ねむ》くなりましたか? それとも、お腹《なか》が空《す》きました?」

女房も、自分を子供扱《あつか》いか。純子はため息を押し殺し、扇をたたむ。

「少し疲れただけ。……ちょっと訊《き》きたいんだけど」

「はい、何でしょう?」

「兄上様って、向こうで寝起《ねお》きしてる……えーと、寝起きして、いらっしゃるんでしょう?」

向こう、と言い、純子は扇で北の方角を指した。弘徽殿の、馬道《めどう》で隔《へだ》てた北の母屋《おもや》のことだ。

「女房も普段はあんまり北と南は行き来しない、北は北、南は南にいるって聞いたんだけど、兄上様は、いつも毎日こっちに来てる……来ておいでなの？」

「それは――」

女房たちが、きょとんとして顔を見合わせる。

「ええ、ほぼ毎日……いえ、二日に一度？」

「松宮様がこちらに来られるというより、女御様が松宮様をお呼びになることのほうが、多いような……」

「あら姫宮様……。このところ松宮様が、毎日こちらへお見えになるのは、姫宮様を御心配なさってのことですわ」

三十前後と見える女房が、純子のほうへ身を乗り出してきた。

「松宮様は、とてもおやさしいお方でございますので、姫宮様が、御自身の代わりにさらわれてしまわれたことに、いまでもお心を痛めておいでで……」

「――え？」

純子は目を上げ、訊き返す。

「いま、何て言った？　代わりにさらわれたって言ったの？」

「ええ、左様で……。姫宮様は、昔、松宮様と間違って、連れ去られてしまわれたのですわ。おいたわしいこと……」

「……」

自分が十二年前、宇治の別邸《べってい》から姿を消して行方《ゆくえ》知れずになったのだということは、聞いていた。だが、何故そのようなことになったのかは、知らなかった。

兄と間違って連れ去られた。

では、本来さらわれるはずだったのは、自分ではなく兄だったのか。純子は無意識に、扇を強く握《にぎ》りしめる。

「あれからだったかしら、女御様は、松宮様を常にお側《そば》に置かれるようになって……」

「無理もないことよ。今度こそ松宮様がさらわれてしまったらと思うと、気が気ではなかったのでしょう。お気の毒に……」

「そういえば、松宮様が元服された後、外にお屋敷を構えて、そちらにお住まいになるというお話があったでしょう。あれがなくなったのは、たしか女御様が反対なさったのだったわね」

「仕方ないわ。女御様はいまでも、松宮様がお近くにいらっしゃらないと、とても心配なさるから……」

純子の険しい表情には気づく様子もなく、女房たちはお喋りを再開していた。

「でも、いったいどこの誰なのかしら。あの別邸に忍《しの》びこんで、皇子様をさらおうとするなんて……」

「きっと左府のほうの誰かよ。間違いないわ」

「そうよね、他に考えられない」

「あら、だけど、命婦《みょうぶ》さんが言うには……」

さらわれた当人の前で、当人をまるで無視して、女房たちは、今度は下手人の詮索《せんさく》を始める。

このまま聞いていたら、何か大声で叫《さけ》んでしまいそうで、純子は頭を抱《かか》え、脇息《きょうそく》に顔を伏《ふ》せた。

自分は本来、さらわれるはずではなかった。しかも母親は、さらわれながらも無事に戻《もど》った娘は外に出し、半年以上会わなくても平気なのに、息子のほうは片時も離したがらず、元服しても手元に置いているということだ。

兄ほど心配されていないのに、人の都合で戻りたくもないところへ戻され、会いたい人にも会えなくなった。

自分は——自分はいったい、何なのか。

「……」

瞼《まぶた》の裏に、じじとばばの面影《おもかげ》が浮《う》かんだ。

いや、そうだ。

自分こそ、弘徽殿の女御を母親だと思っているだろうか。あの望平を、兄だとも。記憶もないころにさらわれて、実は皇女だったと言われても、いまだに途惑《とまど》うほどなのだ。母を母とも、兄を兄とも思えない。

それなら母のほうも、長年離れていた娘より、ずっと側にいた息子のほうが、可愛《かわい》く思えても仕方ないのかもしれない。情が薄ければ、扱いが劣《おと》っても当然だ。

……でも、宮様は、やさしかった……。

ほとんど他人の、何もできない自分に、根気よく書や楽器を教えてくれた。いろいろ話も聞いてくれた。毎日通うだけでも、大変だったはずなのに。

関心を持たない母よりも。こちらの都合などお構いなしの兄よりも。

いま思えば、理登ははるかに親切だった。

今日は高倉が、理登への文《ふみ》を持って出かけている。用事のついでに、理登に文を届けてくれるはずだ。

直接会って礼を言えないこと、理登は気を悪くしていないだろうか。つたない手跡《しゅせき》の初めて書いた文で、気持ちが伝わるだろうか――

そのとき、何かの倒れるような大きな音と、幾《いく》つかの女の悲鳴が辺りに響《ひび》いた。純子ははっとして、顔を上げる。

「何、いまのは……」

「若狭《わかさ》さんと侍従《じじゅう》さんじゃない？」

女房たちも会話を止め、近くの御簾《みす》を持ち上げて、音と声のしたほうを覗《のぞ》く。純子ものろのろと首を伸ばし、そちらをうかがった。

「あらあら、几帳が倒れて……」

「いったい何をしたの、その子は……」

女房たちが覗いているのは、東の孫廂《まごびさし》だ。女房の一人が、責める口調でその子と言ったのが気になって、純子はそっと立ち上がり、いまいる東廂から一度南廂に出て、東の孫廂にまわった。

弘徽殿には南北の母屋を囲んで四方に廂があり、東と北には簀子《すのこ》もあるが、東側だけは、廂と簀子のあいだにもうひとつ孫廂があり、女房たちの局《つぼね》が並んでいる。純子は庭に面している東の孫廂か南廂に自分の場所がほしかったのだが、どちらも端近《はしぢか》だからと、東廂に寝所《しんじょ》と昼間の居所を作られてしまったため、最初の一日以外は、ずっと東廂にいた。

そのせいか、孫廂がやけに明るくかんじられて、純子は目を瞬《またた》かせる。

「すみません、すみません本当に……」

几帳で区切られた女房たちの局の横を進んでいくと、その一角で几帳が一基、倒れていた。傍《かたわ》らに女房が二人しゃがみこんでいて、その前で少女が一人、床《ゆか》に額を擦《こす》りつけて謝っている。

「危ないじゃないの！　これだから粗忽《そこつ》者は……」

「どうしてくれるの。せっかく仕立てた袿《うちき》が台なしよ」

「本当に申し訳ございません。うっかりしてしまって……」

必死に謝っている少女をよく見ると、長い髪を背中の中ほどでひとつに結んでいた。着ている衣の色も、他の女房に比べると何となく地味で、枚数も少ない。

おそらくこの少女は、女房ではなく、宮中で掃除や油差しなどのさまざまな仕事をしている、あまり身分の高くない女官だ。

「ほら、袖《そで》がちぎれてしまったわ」

倒れた几帳の横でしゃがみこんでいた女房の一人が、青色の袿の片袖を大きく振りまわす。

「おまえが倒したせいで、引っかかってしまったのよ。どうしてくれるの！」

「あの、すぐに直しますので……」

少女があたふたと立ち上がった。床に硯箱《すずりばこ》の蓋《ふた》が落ちていて、付近に新しい筆と、白い料紙が散らばっている。

純子は少女のもとに歩み寄り、筆と紙を拾い集めた。見物していた女房たちが、口々に、えっ、と声を上げる。

「あの、姫――」

「これ、あなたの？」

女房の呼びかけをさえぎって、純子は筆と紙を少女に差し出した。丸っこいつぶらな瞳の、間近で見てみれば自分と同じくらいの年ごろだった少女が、一瞬きょとんとし、それから慌《あわ》てて背筋を伸ばす。

「そ、そうです。ありがとうございます」

「この蓋に入れておけばいいのかな」

「はい。あの、こちらの女一の宮様にお届けするようにと、申しつかって……」

「あー、じゃあ、わたしにだ」

「……えっ?」

　少女は再び、目を丸くした。

「女一の宮って、わたしのことだと思う。……あ、そういえば、高倉が新しい筆を頼んでくれるって言ってたっけ。わざわざ届けてくれて、ありがとう。これ、このまま受け取っていいの?　蓋は返したほうがいいね。ちょっと待ってて。置いてくるから」

「……あ、あの……」

「姫宮様――」

　さっき袖がちぎれたとわめいていた女房が、倒れたままの几帳を何とか脇《わき》へどけようともがきつつ、声を上げる。

「姫宮様が直々にお受け取りになられるなど……そのようなことは、私どもが」

「それより、その几帳、立て直そうよ。――誰か、これ起こしてあげて」

　純子が見物している女房たちを振り向くと、我に返ったように、女房たちが何人も、ぞろぞろと出てきた。

　女房たちが几帳を直しているあいだに、純子は硯箱の蓋を持ったまま、わめいてい

た女房の肩口を覗きこむ。

「……これ、元から縫《ぬ》いが甘いよ」

「は、はい？」

「脱《ぬ》いで。それで、針箱持ってきて」

そう言って、純子はさっさと御簾をくぐり、東廂へ戻ると、自分の文台に筆と料紙を置き、硯箱の蓋だけ持って、孫廂にとって返した。

「はい、これ」

「……あ、ありがとうございます……」

純子から蓋を受け取って、少女は驚いた顔のまま、頭を下げる。

「針箱は？　これ？　貸して。――はい、脱いで脱いで」

まだ途惑っている様子の女房から、有無《うむ》を言わさず肩が破れた袿を剝《は》ぎ取り、その場に腰を下ろすと、純子は女房の誰かが持っていた針箱を開けた。

「あー……。何したか知らないけど、これじゃ、すぐに破れるよ」

どこもかしこも、雑な縫い方だ。純子は手早く切れた糸を除き、肩と袖を縫い合わせていく。

いつのまにか、几帳を立て直した見物の女房たちも、周りに集まってきていた。皆、無言で純子の手元に注目している。

「本当は、全部直したいところだけど、それじゃ時間かかるし――」

言いながら、純子は糸を切って、縫ったところを手で伸ばして整えた。

「とりあえず袖はくっつけておいたから。ところで、袖がとれただけ？　怪我《けが》は？」

「……いえ、それは……」

「ない？　よかったね。はい、どうぞ」

「どうも……ありがとうございます……」

修繕《しゅうぜん》された袿を手渡され、女房は呆然《ぼうぜん》とした表情で、純子に礼を言う。

少女は立ち去る間を逸《いっ》したのか、まだそこに突《つ》っ立っていた。

「几帳、あなたが倒しちゃったのかな。わざとじゃないんでしょ？」

「……」

少女は首をかくかくと縦に振り、何度もうなずく。

「だったら、謝ったんだし、許してあげて。誰だって失敗することはあるよ。ね？」

「……」

視線を女房に戻してそう言うと、女房は袿を握《にぎ》りしめ、まだ呆然としつつ、こちらもぎこちなくうなずいた。

　純子はにこりと笑って、軽く手を打つ。

「はい、じゃ、これで終わり。もう怒《おこ》らないでね。あ、針箱ありがとう。いま片付けるから」

「いいえ！　それは私どもが……」

「いいの？　それじゃ、よろしく」

　久しぶりに縫い物ができて、少し気が晴れた。純子は大きく息をつきながら、御簾をくぐって東廂に戻る。

　……手習い、しようかな。

　新しい筆と紙もある。

　理登の手本を見ながら。

　もしまた理登に文を出せる機会があれば、そのときは理登に、少しでも上達したと思ってもらえるように。

　純子は明るいほうへ文台を向け、硯箱の蓋を開けた。

「あの──失礼いたします」

日が暮れ、夕餉《ゆうげ》を済ませて東廂で一人、女房が置いていった絵巻を眺《なが》めていた純子のもとを、昼間、几帳を倒して騒《さわ》ぎを起こしてしまった少女が、こちらも女官と思《おぼ》しき、年配の女人を伴《ともな》って再訪した。

高倉はまだ帰らず、女房たちも夕餉のため近くにはいなかった。

純子は絵巻を脇へどけて、平伏《へいふく》する女官と少女の前に腰を下ろす。

「はい、何ですか？」

「私は、書司《ふみのつかさ》の典書《ふみのすけ》でございます。先ほどは、女一の宮様に、こちらの女孺《にょうじゅ》をお助けいただきましたそうで、ひと言お礼を申し上げたく、参上いたしました」

「ああ、えーっと……」

純子は苦笑《くしょう》して、首を傾《かし》げた。

「それは、御丁寧《ごていねい》にありがとうございます。……ごめんなさい、わたし、ここのこと、あんまり詳《くわ》しくなくて。その、書司の……何ですか？」

「ああ……」

純子が行方《ゆくえ》知れずだったことは、聞いているのだろう。女官はすまなそうな顔で、うなずいた。

「書司は、宮中の図書や漢籍《かんせき》……紙、墨《すみ》、筆、楽器などを管理させていただくお役目をたまわっております。そこの長《おさ》が尚書《ふみのかみ》、私はその下の、典書を務めておりまして、その他に、細かな用事を承ります女嬬が六名……。こちらの花野《はなの》も、そのうちの一名でございます」

花野、と紹介《しょうかい》された少女が、あらためて頭を下げる。

「あ、だから筆と紙を持ってきてくれて……」

それがこの少女——花野の仕事だったのだ。

「こちらにも、掃除をする者や、灯《あか》りの油を足す者が参っているかと存じますが、それもそれぞれ、掃司《かにもりのつかさ》や殿司《とのもづかさ》の女嬬でございます。花野もそうでございますが、年若い者も多うございますので、何かと至らぬところがございましょうが、お許しくださいませ」

「こっちこそ、女房が怒鳴《どな》ってごめんなさい。わたしと同じくらいの年よね。みんな、わたしよりずっとしっかりしてるよ」

自分が居眠《いねむ》りをしていても、いつのまにかすぐ近くの灯りが点《とも》っていたり、ちらかっていた廂が、気がつくと、塵《ちり》ひとつなくなっていたりするのを見ていると、女房たちはあんなにのん気なのに、この建物の中が、いつも美しく保たれている理由がよくわかる。

「ありがとうございます。また何か御用がございましたら、何なりとお申しつけくださいませ」

「うん。……あっ」

典書の言葉に、純子は思わず腰を浮《う》かせた。

「あの、さっき楽器って……」

「はい」

「あのね、和琴《わごん》があるんだけど、ここに運ぶ途中で、絃《げん》が切れちゃったみたいで」

今日、久しぶりに和琴を弾《ひ》いてみようかと唐櫃《からびつ》を開けてみたら、六絃のうちの一絃が切れていたのだ。

純子が廂の隅《すみ》に置いてある唐櫃を指すと、典書は目を細めてうなずく。

「お預かりしてもようございますか。絃を張り直して、お持ちいたします」

「本当？　よかった……」

「あちらでございますか？　——花野」

典書に呼ばれる前に、花野はもう立ち上がり、唐櫃を開けていた。

「三の絃だけですね。明日、お届けに上がります」

「ありがとう。お願いします」

純子が典書と花野に頭を下げると、二人は目を見開いて顔を見合わせ、それから、そろって相好を崩《くず》した。

「はい——たしかに、承りました」

「せっかくですから、他の絃の調子も見ておきますね」

仕事を頼まれてしまったというのに、典書も花野も、何故《なぜ》かずいぶんと嬉《うれ》しそうだった。


高倉は、夜遅《おそ》くになって帰ってきた。

すでに女房たちは皆休んでいたが、純子は東廂の几帳《きちょう》と屏風《びょうぶ》に囲まれた寝所《しんじょ》で、女房たちを起こさないよう、頭に衣を被《かぶ》り、息をひそめて高倉を待っていた。

「——お渡ししてまいりました」

純子が寝ずに待っていた理由をわかっていたのか、灯りの点《つ》いた手燭《てしょく》と文箱《ふばこ》を手に、寝所に入ってきた高倉は、開口一番、純子に小声でそう告げた。

「読んでいただけた……？」

同じくささやき声で訊《き》き、深く衣を被ったまま、純子は高倉ににじり寄る。

「はい。それで、こちらを……」

高倉は手燭を傍《かたわ》らに置き、音を立てないよう、慎重《しんちょう》に文箱の蓋《ふた》を開けた。

「……」

紅葉のひと枝に結ばれているのは――文だろうか。

純子は文箱から目を上げ、高倉を見る。

「これ、お返事……？」

「左様でございます」

「読んでいいの？」

「姫宮様宛《あ》てでございますので」

「……」

返事をくれた。理登が。

純子は緊張《きんちょう》で微《かす》かに震《ふる》える手で、ゆっくりと結び目を解く。懐《なつ》かしい香りが、辺りに控《ひか》えめに漂《ただよ》った。……理登の「菊花《きっか》」。

深く息を吸い、その香りで胸を満たしてから、純子は文を開く。

手燭の灯りの下では、本当は何色なのかよくわからないが、紅か紫《むらさき》かと思われる色の薄様《うすよう》に、理登の美しい手跡《しゅせき》が記されていた。

そこには、純子の文は間違いなく受け取ったことと、純子が後宮に戻された経緯《いきさつ》は聞いていること、これからも手習いと和琴の稽古《けいこ》は続けてほしいこと、そして、慣れるまではつらいだろうが、何か楽しみを見つけて、心穏《おだ》やかに暮らせるよう願っていると——それらのことが、短く、純子にも読みやすいように書かれていた。

読み終わり、純子は文を丁寧《ていねい》にたたんで文箱に戻し、蓋を閉めた。

「……高倉」

「はい」

「ありがとう。……届けてくれて、持ってきてくれて、ありがとう」

「はい。……もう遅いので、これで失礼いたします。おやすみなさいませ」

「おやすみ……」

高倉が手燭を持って、寝所から静かに出ていく。

微かな衣擦《きぬず》れが遠ざかり——純子は文箱を胸に抱《だ》きしめて、衣を引き被ったまま、茵《しとね》に突っ伏《ぷ》した。

あとからあとから、涙があふれてくる。

母でもなく、兄でもなく、やはり理登なのだ。

理登はわかってくれている。ここに連れてこられた自分が、いま、つらく息苦しい思いをしていると。

離れているのに――

……宮様……。

声を殺して、純子は泣き続けた。

理登にもう会えないことが、ただひたすらに、悲しくて悲しくて仕方がなかった。

◇　◇　◇

「何ですか、その有様は」

中御門《なかみかど》大路沿いの理登の邸宅《ていたく》を訪れた直輔は、理登の姿を見るなり、何の遠慮《えんりょ》もなくそう言い放った。

その声に、理登はぼんやりと目を開ける。

自分を覗《のぞ》きこむ格好の直輔が、視界に入ってきた。

「酒飲んだんですか。珍《めずら》しいですね。杯《さかずき》に一杯《いっぱい》でぶっ倒れて眠《ねむ》りこけるからって、宴《うたげ》の席でも飲まないのに。……っていうか、何杯飲んだんですか、これ。提子《ひさげ》が空じゃないですか。こんなに飲めたんですか？」

「……」

何か返事をしようにも、声が出なかった。喉《のど》がからからに渇《かわ》いて、張りついている

ようだ。頭も痛い気がする。

「起き上がれないんでしょう。飲めないものを飲むからですよ。——おーい、誰か、

水、水」

直輔が女房を呼んだ。ほどなく女房らが数人集まってきて、皆で理登を抱《かか》え起こし、

ほとんど無理やり水を飲ませる。

少しむせたが、それでどうにか声は出せるようになった。

「……いま、何……」

「時刻ですか？　未《ひつじ》の刻ですよ。いつから飲んでたんですか」

「昨夜遅くでございます。眠れないから酒を持ってくるようにと仰《おつしや》って……。てっ

きり一杯だけかと思いましたら、全部飲んでしまわれたのですよ。それでも提子には、

三杯ぶんしか入れておりません」

理登ではなく、年配の女房が呆《あき》れ口調で返事をする。

「三杯で酔いつぶれて、半日以上寝ていたわけか。いったい何があったんだ？」

理登がまだ受け答えできる状態ではないと判断したのか、直輔は女房のほうに尋《たず》ねた。

「昨日、高倉さんが訪ねてきたのですよ。例の姫宮様からの文を持参して……」

「雲隠《くもがく》れの姫宮か。急に弘徽殿に戻されたらしいな。――どこに文が？」

「その脇息《きょうそく》の上に……」

「ああ、あれか」

直輔が辺りを見まわし、脇息に目を留めて、そちらへ一歩踏《ふ》み出す。

「触《さわ》るな」

自分の意思で発したとは思えないほど、はっきりとした声が出た。

だが、理登はすぐに咳《せ》きこんでしまう。女房たちが、理登の肩や背中を支えながら、もうひと口、水を飲ませた。

「……読むなってことですね。はい、わかりましたよ」

直輔は両手を顔の横あたりで広げて、踏み出した足を引っこめる。

ぼんやりしていた頭が、少し働くようになってきて、理登はぎこちなく首を動かし、周囲をうかがった。

几帳の脇《わき》にまっすぐ置かれていたはずの畳《たたみ》は斜《なな》めにずれて、その上に敷《し》かれていた茵は半分下にずり落ち、折敷《おしき》と提子、杯が、別々に床《ゆか》に転がっている。

自分も酒を飲むまでは、たしかに茵に座っていたのに、いまは床の上だ。

ただ、茵の横にあった脇息だけは、きちんと元の位置にあり、その上に白い陸奥紙《みちのく》に書かれた純子の文が、広げたままになっている。

理登は深く、長く息をつき、のろのろと腕を上げ、額を押さえた。

「……茶は、あるか」

「ただいまお持ちします。まだ横になりますか」

「いい。……脇息を」

かすれた声で理登が言うと、女房の一人がすぐに立って、文を載《の》せたまま、脇息を持ってくる。理登は無言で文をたたみ、懐《ふところ》に押しこんだ。

そういえば、昨夜はもう寝るだけというときに酒を飲んだので、単《ひとえ》、袿《うちき》に下袴《したばかま》だけの格好だった。たしかにひどい有様だ。

理登が脇息にもたれ、どうにか座る姿勢を保つと、女房たちは理登から離れ、手早く畳と茵を直し、杯などを片付け、直輔にも畳と茵で座を作って、皆、立ち去った。

入れかわりに一人の女房が、大ぶりの碗《わん》に湯気の立つ茶を運んできて、理登の前に置くと、すぐに奥へ戻っていった。

「酔いざましに、茶ですか」

直輔が茵に腰を下ろし、苦笑《くしょう》する。

「……きみがくれたんだろう、前に……」

「そうでしたっけ。俺は滅多《めった》に飲まないので、忘れてました。たしかに酔いざましには効きそうな味ですけどね」

「きみは、そもそも酔《よ》わないだろう……」

顔をしかめつつ、理登は両手で碗を持ち、ひと息に半分ほど茶を流しこんだ。熱さもあってか、いくらか気分がすっきりする。

「東四条殿の西の対には、右大臣が八条《はちじょう》の女に生ませた娘たちが入りましたよ」

「……」

まだ頭の働きが戻っていないようで、直輔の話を理解するには少し時間がかかった。

「八条の女とは……」

「右大臣の妻の一人です。受領《ずりょう》の娘だとかで、古い付き合いだったそうですが、去年亡《な》くなりました。それで娘二人を引き取ったようで。――まぁ、母を亡くした娘たちが不憫《ふびん》だからというより、正妻の四条《しじょう》の女宮を、その娘たちの育ての親ということにして、どうとでも使える手駒《てごま》にするために自邸《じてい》に入れた、ってところでしょう。正妻が生んだ娘は、一人しかいませんからね」

直輔は話しながら、御簾《みす》の向こうの庭を眺《なが》めている。外は晴れているようだ。

「登花殿の女御《にょうご》が生んだ東宮は、病弱ゆえに元服が遅れ、東宮妃《ひ》も未定のままでした。ところが最近、妃を入内《じゅだい》させる話が出てきたんですよ。右大臣としても、自分の娘たちの中から、東宮妃は出したいでしょう。しかし、いつまで生きられるかと言われているような東宮に、正妻が生んだ娘をやりたくはない。しかも東宮に万一のときには、第二皇子と第三皇子、どちらが立太子されるかもわからない。最も損がないのは、今後どういう事態になってもいいように、どの皇子にも、娘を嫁《とつ》がせておくことです。そのためには、娘は何人も必要だ。女一の宮を追い出して、娘たちを引き取った——そういうわけです」

「……」

理由がわかったところで、純子が弘徽殿に戻された現状が、変わるわけではない。

「それで、今度は私に、何をしろと言うんだ」

脇息に片肘《かたひじ》を置き、その腕を突っかい棒のようにして頭を支えて、理登はため息まじりに言った。

「もう間者はできない。……私は、弘徽殿には入れないからな」

「残念ですが、こうなってしまったら、これ以上は宮に頼《たの》みはしませんよ」

言葉のわりにまったく残念そうな様子もなく、直輔は肩をすくめる。

「高倉もいますからね。あとは、こっちで何とかします」

「……ああ」

「あんまり安っぽい慰《なぐさ》めもどうかと思いますけど、まぁ、元気出してください。酒におぼれるぐらいなら、何かいい方法がないかどうか、考えましょうよ」

「……」

目線だけを動かして、理登は直輔の顔を、じっと見すえた。意外にも、ごく真面目《まじめ》な表情をしている。

「……何を、考えると？」

「宮と女一の宮が、交流を継続《けいぞく》できるような方法を」

「別に……」

そんなことを考える必要はない。というより、考えても仕方がない。弘徽殿側には、純子をわざわざ自分と親しくさせる理由など、何もないはずだ。むしろ、世間で評判の悪い自分と、たとえひと月でも縁《えん》があったことなど、汚点《おてん》にしかならないだろう。

「……交流がなくなっても、何も困らないだろう。お互《たが》いに……」

「お互いに、ですか？」

「たったひと月、字を教えただけだ。他には、何もない」

特別なことなど、何も――

目を閉じ、理登は唇をきつく引き結ぶ。そこにだけ日だまりのできたような笑顔が、思い出されていた。

「……時間じゃないんですよ、宮」

直輔が、少し強い口調で言った。

「時間は関係ないんです。一年でも、ひと月でも、一日でも、そんなことはちっとも重要じゃない。――ただ、己《おのれ》の心がいかにあるか、それだけです」

「……」

そうなのだろうか。そうかもしれない。だが、どのみちもう遅い。いや、もとからどうにかなるものではなかった。

理登は眉間《みけん》を皺《しわ》め、また息を吐《は》く。

「すまない。……まだ気分が悪い。今日は帰ってくれ」

「そうですね。顔色が悪いです。これに懲《こ》りたら、酒はせいぜい一杯にしておいてください」

「……もう飲まない」

やはり、酒は体に合わない。

理登は碗を傾《かたむ》け、残りの茶を飲み干した。

「――あ、そうだ」

腰を上げ、立ち去りかけていた直輔が振《ふ》り返る。

「すいません、ひとつだけ。全然関係ない話なんですけど」

「……何だ」

「宮、いま宮中での宿直《とのい》のとき、どこで休んでるんです？　梨壺《なしつぼ》の北舎じゃありませんでしたっけ？　このまえ俺と宿直の日が同じだったときに、ちょっと顔を出そうと思って梨壺《れいけいでん》に行ったら、宮がいなかったんですけど」

「……麗景殿だ」

「へ？」

妙《みょう》に間の抜《ぬ》けた声で、直輔が訊《き》き返した。

「麗景殿？　あそこ、いま女官の曹司《ぞうし》町になってますよね？　たしか宣耀殿に新しく女御が入ってから、それまで宣耀殿を使ってた女官たちが、そっくりそのまま、隣《とな》りの麗景殿に移ったって」

「……だから私も、麗景殿を出たんだ」

理登は頭を支えていた腕を外し、ゆっくりと背筋を伸ばしてみる。

「そもそも、私がたまわった直廬《じきろ》は、麗景殿だ」

「宮のお母君様が、昔、麗景殿の女御だったからですか」

「そうだ。……それが、私が直廬として使いだして間もなく、宣耀殿に女御が入ったから、女官たちが移ってきて……。落ち着かないから、梨壺の北舎に移動した。あそこにも女官はいるが、あのころは、麗景殿の曹司町よりは、静かだったからな」

「なるほど。何で麗景殿に戻ったんです？」

「桐壺のとある女房を、新しく恋人にしたから、桐壺に近い梨壺の直廬を譲《ゆず》ってくれと、頼まれた。――きみの兄から」

「は……」

さらに間抜けな声をだし、直輔はぽかんと口を開けた。

「……俺の兄って、長兄ですか、次兄ですか」

「直英《なおひで》だ」

「下の兄ですか……」

　直輔は、がっくりと肩を落とす。

「あー……どうも、御迷惑《ごめいわく》をおかけしました。次兄はどうも、女好きで」

「知っている。別に構わない。元に戻っただけだ」

　幸い麗景殿の曹司町も、女官の半分は別の場所に移ったらしく、以前のように騒《さわ》がしくはなかった。あれなら梨壺より静かだ。

「わかりました。麗景殿ですね」

　うなずき、直輔はふと理登を見て、もう一度、麗景殿か、と独り言のようにつぶやいた。

「何か、切ないですね。弘徽殿と麗景殿なんて、廊《ろう》一本でつながってるっていうのに」

　お邪魔《じゃま》しました、と告げて、直輔は今度こそ歩き去る。

　理登は空になった碗を見つめ、呆然《ぼうぜん》としていた。

　そのとおりだった。弘徽殿と麗景殿は、后町《きさいまち》の廊を挟《はさ》んで、ちょうど西と東の対局にあり、まっすぐな廊でつながっている。

　長いあの廊を渡れば――純子がいたのか。

「……」

理登は衣の上から、懐《ふところ》を押さえた。たたんだ文《ふみ》が、かさりと音を立てる。たとえ廊一本でも、それは自分にとって、遠い遠い道だ。仮に弘徽殿に近づけたとして、もはや女房らに囲まれた純子に、近づけるはずもない。運良く純子に、自分が麗景殿にいると伝えられたとしても、純子が弘徽殿から出てこられるか。無理に決まっている。

……馬鹿《ばか》なことを。

理登は崩れ落ちるように、脇息《きょうそく》に顔を伏《ふ》せた。

きっと自分は、まだ酔っているのだ。だからこんな、愚《おろ》かなことを考える。

たったひと月、字を教えただけ。さっき、自分で言ったとおりだ。自分と純子は、それだけのこと。己の心がいかにあるか。そんなことは――

重い頭を持ち上げ、理登は懐から、文を引っぱり出した。広げると、たどたどしい、しかし懸命《けんめい》に丁寧《ていねい》に書こうとしているのがうかがえる、女手が現れる。放ち書きから、やっと続け書きの手習いを始めたばかりだった。

「……」

これまでの礼と、それを直接言えなかった詫《わ》びと、まだ教わりたいことがあったのに、突然後宮に戻された無念さと。

いつかまた会いたいという希望と。

……いっそ初めから出逢《であ》わなければ……。

理登は純子からの文を脇息に置き、倒れるように力なく、冷たい床《ゆか》に寝転《ねころ》がった。

昨日、高倉は、弘徽殿に戻ってから純子がふさぎこんでいると言っていた。ほとんど身動きもできず、兄皇子にまで気を遣《つか》い、疲《つか》れ果てて何日か寝こむこともあったと。

文の返事は書いたが、そんなものは何の気休めにもなるまい。

東四条殿よりも、弘徽殿はもっと窮屈《きゅうくつ》なはずだ。このまま気鬱《きうつ》が続けば、純子が病《やまい》になってしまうかもしれない。

だが、どれほど案じたところで、自分にできることなど何も――

「……」

唐突《とうとつ》に、理登は大きく目を見開いた。

本当に何もないか。純子を窮屈な場所から救い出す方法が。

……あるかもしれない。

うまくいくかどうかはわからないが、何もしないでいるよりはましだ。

理登は腕に力をこめて、重い体を無理やりに起こした。直輔の言うとおりだ。酔いつぶれている場合ではなかった。

「志摩《しま》——志摩はいるか」

大声で呼ぶと、女房が一人、足早に奥から出てきた。

「はいはい、何でございましょう」

「おまえは、まだ典侍《ないしのすけ》と親しいのか」

「和泉典侍《いずみのすけ》でございますか？　ええ、月に幾度《いくど》か文のやり取りをしておりますが……」

「頼みがある」

ふらつく上体を腕で支えながら、理登は挑《いど》むような目で女房を見た。

◇◇　　◇◇　　◇◇

真っ暗で、何も見えない。苦しい。手も足も動かせない。

苦くて甘い、重い香り。

水の音が、ごうごうと聞こえる。

投げ出された。まぶしい。真っ白な、月の光。ゆらゆらと体が揺《ゆ》れる。

黒くうねる水。

怖《こわ》い。

誰か助けて――

「……」

目を開けると、辺りは静寂《せいじゃく》に包まれていた。嵐のような水音は、もう聞こえない。

深く安堵《あんど》の息をつき、純子は無意識に、手の甲《こう》で額を拭《ぬぐ》った。そろそろ火桶《ひおけ》がほしいくらい冷えこんできているのに、汗《あせ》が浮《う》いている。

嫌な夢をみた。……またあの夢。

純子は体を起こし、手探りで、枕元《まくらもと》に置いていた文箱を引き寄せた。蓋《ふた》を開けると、暗闇《くらやみ》に懐《なつ》かしい香りが漂《ただよ》う。

「……」

ほっと息をつき、純子はすぐに蓋を閉めた。あまり蓋を開けたままにしておくと、匂《にお》いが消えてしまいそうで、怖かったのだ。

純子は文箱を胸に抱《かか》え、もう一度横になる。

「……姫宮様？」

衣擦《きぬず》れの音がして、高倉のささやき声が聞こえた。高倉はいつも純子の寝所《しんじょ》の隣りに、几帳《きちょう》で隔《へだ》てて休んでいる。

「また、夢でございますか。うなされておいでのようでしたが……」

「……ごめんね、起こしちゃって。もう、大丈夫だから……」

おやすみ、と告げて、純子は衣を被《かぶ》った。高倉はしばらくこちらの様子をうかがっ
ていたようだが、やがて自分の寝床《ねどこ》に戻っていく。

……もし、もう一度、宮様に文が出せたら……。

あの「菊花《きっか》」の香《こう》をわけてほしいと、頼めるだろうか。

理登と同じ香を衣に焚きしめ、その衣を身にまとって床に入れば、悪い夢をみずに、
ぐっすり眠れる気がする。

……会いたいな。

静かにため息をつき、純子は目を閉じた。


「一の姫、一の姫、ほら、御覧《ごらん》よ」

純子が手習いとして、歌集から和歌を書き写しているところに、例によって、望平

が押しかけてきた。

御覧よと言って目の前に差し出したのは――首根っこを摑《つか》まれ、体を紐《ひも》でぐるぐる巻きにされた、真っ黒い猫。

純子はぎょっとして、片手に猫をぶら下げて愉快《ゆかい》そうに笑う望平と、ぎゃあぎゃあ鳴きながら、絡《から》んだ紐を外そうと必死にもがく猫を、かわるがわる見た。

「なっ……何してるんですかっ!?」

「あはは……。面白いだろう？　紐で柱につないだ猫を追いかけたら、逃《に》げまわって、こんなふうに絡まったんだよ。間抜けなやつだよねぇ」

「は……」

あまりのことに、純子は筆を取り落す。

「そんな――逃げただけで、こんなにはならないでしょう」

「ああ、暴れるから、縛《しば》ったよ」

「解いてください。かわいそうです」

「あとで解くさ。そうだ、しばらく吊《つ》るしておこうか。薬玉《くすだま》みたいじゃないか」

「なっ……」

純子は絶句し、近くにいた女房たちも、さすがにおびえた顔をしたり、止めようとしたりしていたが、そこで数人の年若い女房たちが、望平に同調して笑い声を上げた。

「まぁ、薬玉ですって……」

「花で飾《かざ》れば、さぞ可愛《かわい》らしいでしょうねぇ」

「それは面白《おもしろ》そうだな」

女房の笑いで調子づいた望平が、猫を高々と掲《かか》げる。

「馬鹿なこと言わないでよっ……」

望平から猫を奪《うば》い返そうと、純子が立ち上がったそのとき、紐の隙間《すきま》から猫が前足を突《つ》き出し、ひと声叫《さけ》ぶと、望平の額を思いきり引っ叩《たた》いた。

「ぎゃ……」

望平は猫を放《ほう》り出し、額を押さえてうずくまる。

女房らの口から次々と悲鳴が上がる中、純子は俊敏《しゅんびん》に飛び出し、猫を受け止めると、巻きついていた紐を手早く解いてやった。

黒い猫は自由になるが早いか、少しでも望平から遠ざかろうとするかのように、首に結ばれていた長い紐を引きずったまま、一目散《いちもくさん》に逃げていく。

「痛いよ、痛いよ……」

「まぁ、大変。血が出ていますわ」

「松宮様、お気をたしかに……」

猫に引っかかれた望平は、べったり床に座りこみ、顔を真《ま》っ赤《か》にして子供のように泣いていた。

いったいどんなひどい傷を負ったのかと、純子が顔を覗《のぞ》きこんでみると、額に三本、うっすらと赤い線ができているだけだった。

「……何だ、かすり傷じゃない」

ろくに血も出ていない。勢いのわりに、爪《つめ》はほとんど届かなかったのだろう。

「大袈裟《おおげさ》。すぐ治りますよ。あぶった葱《ねぎ》の汁《しる》でもつけておけば？」

呆《あき》れ顔でそう言って、純子が文台のところへ戻ろうとすると、望平は泣きながら、拳《こぶし》で床を叩いた。

「何だよ、何だよ、私が怪我《けが》をしたっていうのに……！」

振《ふ》り向くと、女房たちも皆、呆気《あっけ》にとられた顔で、自分を見ている。

「猫をいじめたからでしょ。あんなことされたら、猫だって怒《おこ》るよ。それとも兄上様は、ぐるぐるに縛られて天井《てんじょう》から吊るされても、怒らないんですか？」

「――私が、怪我をしたんだぞ!!」

望平は何故《なぜ》か、念を押すように叫び、もう一度床を叩いた。

なるほど、つまり、自分が猫にひどいことをしたから怪我をする破目になったということはどうでもよく、ただ怪我をしたというその一点だけが、兄にとっては重要なのだ。

馬鹿馬鹿《ばか》しい。

「そうですね。早く治るといいですね」

純子は冷ややかにそう言って、文台の前に座り直した。

女房たちは、まだぽかんとしている者もいれば、不気味なものでも見るような目で、純子の様子をうかがっている者もいる。

そこへ何人かの女房が、足早に入ってきた。たしか、いつも弘徽殿の女御《にょうご》の側《そば》にいる女房たちだ。

「失礼いたします。いま、松宮様のお声で、怪我をされたと……」

「まぁ、松宮様……！」

女御付きの女房たちが、座りこんで泣いている望平を見つけて、慌《あわ》てて駆《か》け寄った。

「どうなさいました？　えっ、猫？　まぁ、おかわいそうに……」

「こちらへおいでなさいませ。手当てをいたしませんと」

「女御様がたいへんご心配なさっておいでですわ。あちらで慰めていただきましょ

う」

「もうお泣きにならないでくださいませ。お菓子《かし》を差し上げますから……」

ぐずぐずと泣きながら、望平は女房たちに連れられていく。

純子はもう兄に関心を払《はら》うこともなく、手習いを再開していた。

純子が弘徽殿の女御の前に呼ばれたのは、それから一刻ほど後の、昼を過ぎたころのことだった。

「女御様は、たいへんお怒《いか》りでございますよ」

露骨《ろこつ》なほど蔑《さげす》みの目を純子に向けている女御の代わりに、すぐ側に控《ひか》えている女房が、深刻な顔で告げる。

「いったい姫宮様は、何故先ほど、松宮様の御心配《ごしんぱい》をなさらなかったのですか？　他《ほか》ならぬ御自身の兄君が、怪我をなさったのですよ。兄の身を案じぬ妹など、この世にはおりませぬ」

「傷を見て、たいした怪我じゃないと思ったからです」

冷たい視線にも臆《おく》することなく、純子ははっきりと答えた。

「そもそも兄上様が怪我をしたのは、猫をいじめたからです。兄上様が、嫌がる猫を縛り上げて吊るそうとしなければ、きっと猫だって、兄上様を引っ掻《か》いたりしませんでした」

「猫など、何もしなくても引っ掻いてくるものでございますよ」

「わたしは猫を縛っていた紐を解きました。でも引っ掻かれませんでした。怪我をしたのはお気の毒ですけど、もとはと言えば、兄上様が悪いと思います」

「まぁ……」

辺りがざわついた。見まわすと、几帳や屏風《びようぶ》の陰《かげ》から、大勢の女房がこちらをうかがっている。その中に、白い布を頭に巻いて、不貞腐《ふてくさ》れたような表情で純子を睨《にら》んでいる、望平の姿もあった。

「姫宮様……。松宮様は、御自身の身代わりに行方《ゆくえ》知れずとなられた妹君を、いつも案じておいでだったのですよ。そのようにお心のおやさしい松宮様を、悪いなどと、あまりに薄情《はくじよう》な……」

女御の周りにいる中で一番年かさな女房が、袖《そで》で目頭を押さえて、声を詰《つ》まらせる。

「心配してくださっていたのは、ありがたいと思います。でも、何も悪さをしていない猫をいじめるのは、やっぱり良くないと思います」

「猫のことではございません。松宮様を御案じなさらぬとは、姫宮様はあまりに情の薄いお方ですと、申し上げたのでございます」

今度は一番若そうな女房が、これまた涙声で叫んだ。

ここでも重要とされているのは、望平が怪我をしたという、その一点だけなのか。

純子は片手で額を押さえ、しばし考える。

「……あの、もしかして、兄上様は、あまり怪我をしたことがないんですか?」

「はい?」

「あの、わたし、もっとすごい怪我、何回もしてるんです。一番すごいのは何だったかな……。薪割《まきわ》りをしてて、割れた薪のかけらで腕を切ったとき? あ、違う。木の実を採ろうとして、木から落ちて、石で足を切ったときかな。すごく血が出て、まだ少し痕《あと》が残ってるし。他にも足をすべらせて藪《やぶ》に落ちたり、土手から転げ落ちて頭にこぶを作ったり……」

あちこちから、細い悲鳴が聞こえた。視界の隅《すみ》で女房の一人が、青い顔でふらふらと倒れる。

女御は目をつり上げ、周囲の女房たちも、あ然としていた。

「……で、このくらい珍《めずら》しい怪我でもないですし……。そういうわけなので、わたし、猫にちょっと引っ掻かれたくらいの傷じゃ、あんまり驚かないんです。わたしが住んでいたところでも、誰も驚かないと思います」

薄情と言われても、大袈裟だとしか返事はできない。そもそも、どうして怪我をする破目になったのかを考えたら、なおさらだ。

「あ、でも、わたしが住んでいたところには、猫はいなかったので、犬に嚙《か》まれる人はいても、猫に引っ掻かれる人は――」

「……何と、野蛮《やばん》な……」

「え？」

つぶやいて、女御が袖で口を押さえ、眉《まゆ》をひそめて顔を背《そむ》ける。

「もうよい。下がらせよ」

「かしこまりました。――姫宮様、お戻《もど》りいただいて結構でございます」

「……はい」

女御に一礼し、純子は腰を上げた。

猫をいじめた望平は、きっと、女御に叱《しか》られてはいない。そして、おそらく女御は、小さな生き物をいじめることより、薪を割ったり木登りしたりすることのほうを、疎《うと》ましいと思うのだろう。

……もう、どうしようもないのかな。

育った場所が違うというのは、こういうことなのだ。考え方も違ってくる。

だが、理登ならどうだろう。

理登も望平や女御と同じように、都で育ってはいるが――

「主上のお渡りでございます。弘徽殿に、主上のお渡りがございます……」

純子が母屋《おもや》から出ようとした、ちょうどそこへ、声を張り上げて言いながら、女官《おぼ》と思しき女人が、細殿《ほそどの》を歩いてきた。それを聞いて、辺りが急に慌ただしくなる。

「主上のお渡り……」

「まぁ、お久しぶりですこと……」

帝《みかど》が弘徽殿に来るということだ。女御に会うためだろう。自分がいたら邪魔《じゃま》になる。

純子は小走りに、東廂《びさし》へ戻った。

「ああ、姫宮様……」

東廂には、朝から姿が見えなかった高倉がいて、珍しく少し慌てたような様子で、

純子の袖を引く。

「あれ、高倉、どこに行ってたの」

「これから主上が参られます。姫宮様、どうぞ、ただ、はい、はいと、お返事だけな

さっていてくださいませ。あとは私どもで、良いようにとりはからいますので」

「……え？　な、何？」

自分も帝の前に出なければならないのか。

純子が目を瞬《またた》かせて途惑《とまど》っていると、失礼いたします、と言って、三十代半ばほどと思われる年ごろの女官が、東廂に入ってきた。

「一の皇女様はおいでてでございますか」

「は……はいっ？」

「私は典侍《ないしのすけ》の和泉と申します。主上より一の皇女様にお話がございますので、どうぞお出まし願います」

「……は、い？」

女御ではなく、自分に用があるのか。

……もしかして、怪我《けが》の心配しなかったこと、主上にも怒《おこ》られるのかな。

純子が高倉とともに、おそるおそる母屋に戻ると、ひと足先に、帝も部屋に入ってきたところだった。

女官に案内され、さっきまで女御がいた座に白い直衣《のうし》姿の帝が上がる。女御と望平は、その横に新たに作った座に着いていた。女房たちはどこかそわそわした様子で、目配せし合っている。

「主上、一の皇女様をお連れいたしました」

先導の和泉典侍が声をかけると、帝が明るい顔で振《ふ》り返った。

「おお——久しいな、姫。半年ぶりか？」

帝は勢いよく茵《しとね》に腰を下ろし、純子に手招きする。

「こちらへ来なさい。右大臣邸《てい》に行っていたのだったな」

「はい。……御無沙汰《ごぶさた》しております」

純子は女御たちよりさらに下がったところに膝《ひざ》をつき、帝に平伏《へいふく》した。

「うむ、顔を上げなさい。もっと近くに。具合はどうなのかね？——弘徽殿、何故私に姫の様子を知らせなんだ」

「は……？」

弘徽殿の女御が、不思議そうに首を傾《かし》げる。

帝は女御のその様子に、不満げな口調で返した。

「姫は十日も前に、こちらへ戻っていたのだろう。私は翌日に典侍から報告を受けたが、姫の気分がすぐれぬようだと聞いて、私が見舞《みま》って気を遣《つか》わせては悪いと思い、快癒《かいゆ》を待っていたのだ。姫の容体は案じられたが、母であるそなたが、いずれ知らせてくると信じていた。それが、いまだ何も報告がないとは……」

純子は驚いて、思わず目を上げる。

どうやら、望平のことで説教をしに来たわけではないようだ。それどころか女御のほうが、帝にとがめられている。

「まぁ、主上、なんとお情け深い……。ですが、私が主上に御報告いたしませんでしたのは、あえてお知らせするほどのことでは、なかったからでございます」

女御は扇《おうぎ》で、すまし顔を半分隠《かく》した。

「気分がすぐれぬとは申しておりましたが、薬を飲むほどのことでなし……。病《やまい》とも思っておりませんでしたわ。元気にしておりましたのよ」

「しかし、姫が伏《ふ》せっていたのは、物《もの》の怪《け》のせいだと聞いているぞ」

帝は眉《まゆ》根《ね》を寄せ、顎《あご》のひげを引っぱる。

「それも、祈禱《きとう》すらしておらぬとか……。他の女御たちからも、不安がる声を聞いている。何とかせねばならぬというのに」

……物の怪？

純子はこっそり、斜《なな》め後ろに控えている高倉を振り返った。高倉は、無言で首を横に振る。余計なことは言わないように、ということか。

「私は聞いておりませんわ、物の怪など……。きっと、他所《よそ》の女御が私をおとしめようと、あらぬ噂《うわさ》を流しているに違いありません。ひどいことを……」

女御は扇の陰で目頭を押さえるような仕種《しぐさ》をしたが、純子のところから見える横顔には、涙一滴《いってき》、流れていない。

「そのようなことより御覧《ごらん》くださいませ、松宮の痛々《いたいた》しい姿を……。松宮のほうが、よほどかわいそうでございます」

「む？　……何だ、三の宮、その有様は」

帝はそこで初めて、望平の頭に巻かれた白布に気づいたのか、身を乗り出した。

「猫でございます。猫の爪《つめ》で、松宮様のお顔に、傷がついてしまいました」

どこからか、若い女房の声が上がる。帝はそれを聞き、呆《あき》れたような表情と口調で、すぐに身を引いた。

「何だ、猫に引っ掻かれたか。騒《さわ》ぐことでもあるまい。大方、猫の機嫌《きげん》を損ねるようなことでもしたのだろう。猫とはそういうものだ」

「……」

女御と望平が、絶句して顔を見合わせる。

どうやら母よりも父のほうが、話が通じそうだ。純子は思わず笑いそうになるのを、口を引き結んで、何とか堪《こら》える。

「三の宮のことではない。姫のことだ。物の怪の話は、ここの女房と女官たちの中から出ているのだぞ」

「何ですって。ここの女房……。いったい誰です、そのような根も葉もない話を言い出したのは」

女御の横にいた女房が、険しい面持《おもも》ちで、辺りに控《ひか》えている女房たちを見まわした。だが女房たちも、途惑った顔を見合わせるばかりで、自分がそうだと、手を挙げる者はいない。

そこへ、和泉典侍が進み出る。

「おそれながら、少しばかり、話の行き違いがおありのようでございます。——私が把握《はあく》しておりますところでは、まず、一の皇女様が弘徽殿へお戻りになられて後に、こちらのさまざまな御用を仰《おお》せつかっております女官の何人かより、弘徽殿にて妙《みょう》な気配がするようだと、報告を受けました。どうも、物の怪ではないかと……」

周囲がざわつき始めた。まさか、とか、そんな、とか、女房たちがつぶやいている。

「ですが、弘徽殿の方々からは、何もそれらしきお話がありませんでしたので、私もいかがしたものかと思っておりましたところ、先だって、こちらの高倉なる女房より、一の皇女様が、弘徽殿にお入りになってから毎夜、恐《おそ》ろしい夢をみておいでのようだと、相談がありまして」

ざわめきが大きくなった。純子は自分に視線が集中しているのを感じて、肩をすぼめる。

いったい、何が起きているのだろう。そもそも、物の怪とは何なのか。

「どのような夢かは、ここでは申し上げられませんが、夢占をする者に話をいたしましたところ、その夢は、生霊《いきりょう》が一の皇女様にみせているものであると……」

「──生霊……!?」

辺りがますます騒がしくなる。小さな悲鳴も聞こえた。

純子は話についていけず、ただ黙って、じっとうつむいている。

「お静かに。どうぞお静かに。よろしいですか。──その夢占の者が申しますには、一の皇女様が弘徽殿においでになることを、本心では快く思っていない者がどこぞにおり、その生霊が、一の皇女様を苦しめておいでなのだということです」

「……」

純子は顔を上げ、何となく弘徽殿の女御を見た。

一瞬、女御と目が合ったが、女御はすぐに別のほうへ視線を逸《そ》らす。

「姫。こちらに来てから、ずっと恐ろしい夢をみていたのか」

帝がいかにも気の毒そうな様子で、純子に話しかけた。純子は神妙な表情を作って、高倉の言いつけどおりに、はい、とだけ返事をする。

「そうか。かわいそうに……。さぞ怖《こわ》かったであろう」

「姫宮様は、女御様や兄上様に御心配《ごしんぱい》をおかけするまいと、昼間は常に、気丈《きじょう》にふるまっておいででございました」

高倉が言い添《そ》えると、女御の側《そば》に控えている女房たちが、決まり悪げに下を向いた。さっき純子を、さんざん薄情《はくじょう》だと責めた女房たちである。

「何と、健気《けなげ》な……。しかし、このままにはしておけぬ。和泉典侍、姫を救う方法は、聞いておろうな」

「はい。陰陽寮《おんみょうりょう》にて占《うらな》わせましたところ、まずは早急に、一の皇女様を、弘徽殿とは別の殿舎にお移しするが吉《きち》、場所は、弘徽殿より東の方角がよろしかろうとのことでございまして」

「東か。というと──」

「麗景殿は、いかがでございましょう」

和泉典侍が、強い口調で答えた。

「弘徽殿の東方となれば、麗景殿か梨壺でございますが、梨壺は現在、私ども女官の曹司《ぞうし》で埋《う》まっております。人数が多うございますので、すべてを移すとなりますと、お勤めに差し障りもありましょう。麗景殿にも曹司町はございますが、こちらは殿司《とのもづかさ》や書司《ふみのつかさ》の者たちしか使用しておりませんので、すぐにでも一の皇女様にお移りいただけます」

書司、と聞いて、純子はぴくりと肩を揺《ゆ》らす。

あの花野という子や、典書《ふみのすけ》が働いているところだ。二人とも、感じの良い人たちだった。

「そうか。弘徽殿と麗景殿では、近すぎるような気もするが……とにかく、姫を弘徽殿から離すことが先だな」

それが癖《くせ》なのか、何度も顎のひげを引っぱりつつ、帝が苦い顔でうなずく。

「はい。まず弘徽殿と麗景殿の双方《そうほう》で、すみやかに祈禱を行った後、麗景殿にお移りいただきまして、物の怪が去ったか否か、様子を見てはいかがかと存じます」

「うむ。そうしよう」

……あれ？

純子は黙ってうつむいたまま、目を瞬かせた。

弘徽殿から、麗景殿に移る。……麗景殿というところも、たしか後宮のひとつだ。同じ宮中の中だ。しかし、いまの話は、自分だけが麗景殿に移ると――弘徽殿の女御や望平とは、別々に暮らすということのようだが。

自分は、ここから出られるのか――

「おそれながら申し上げます。姫宮様が麗景殿にお移りになりますなら、新たな女房の手配をしなくてはなりませんが……」

高倉が言うと、和泉典侍が振り向いた。

「なるべく早いうちに、新たな女房を集めましょう。それまでは、弘徽殿から何人か、出していただきます。あとは、もとより曹司町の女孺《にょうじゅ》たちがおりますので、手が足りぬときには、手伝わせましょう」

「かしこまりました。すぐ支度にかかります」

「うむ――」

和泉典侍と高倉の話に、帝は大きくうなずくと、立ち上がって、純子の前まで歩いてきた。

「姫よ、もう心配ないぞ」

片膝《かたひざ》をついて身を屈《かが》め、帝が笑顔で純子に語りかける。

「ここから移れば、きっと物の怪も去るであろう。元気を出すのだぞ」

「……はい……」

まだ事態がよく飲みこめず、純子は呆然《ぼうぜん》としたまま答え――笑顔の帝の向こうでは、弘徽殿の女御が何か言いたげな目で、純子を見ていた。


まさか本当に、弘徽殿から出られるとは――

純子は麗景殿の東廂《ひさし》に立ち、御簾《みす》越しに朝の日の光を浴びていた。

辺りは静かで、人の気配もない。

「……」

両腕を思いきり突《つ》き上げて、大きく息を吸いながら、胸を反らし、背伸びをしてみる。

強張《こわば》っていた体が、久しぶりにほぐれていくようだ。

昨日、もう日の暮れも近いころになって、慌《あわ》ただしく弘徽殿から麗景殿へ移動してきた。

どんな遠くかと思いきや、まっすぐな廊《ろう》を一本渡っただけの場所だったので、初めは少々がっかりしたものの、東四条殿から持ってきた荷物をそっくりそのまま運び入れ、とりあえずの寝所《しんじょ》を作ったころには、すっかり気分が軽くなっていた。

何しろ、女房は高倉しか側にいない。歩きまわっても誰にもとがめられないし、女御も望平もいないので、誰に気を遣《つか》うこともない。

明日から女房が増えますよ、と高倉は言っていたが、それでも弘徽殿より窮屈《きゅうくつ》なことはないだろう。

……久しぶりに、よく寝たなぁ……。

文箱《ふばこ》を抱《かか》えて寝る癖はついてしまったが、昨夜は蓋《ふた》を開けることもなく、夢もみず、朝までぐっすり眠れた。

物《もの》の怪《け》のせいだったのかどうかよくわからないが、たしかに弘徽殿では、ずっと気が晴れなかった。だが、こうして弘徽殿を出られたのだから、むしろ物の怪には感謝したいくらいだ。

「姫宮様――」

呼ばれて振り向くと、どこかに行っていた高倉が、二十人近い女官を連れて現れた。

「え？　どうしたの？　……あっ」

女官たちの中に花野の姿を見つけ、純子は軽く手を打った。

「もしかして、書司の人たち？　麗景殿にいるって言ってたよね」

「はい。書司と殿司、それに掃司《かにもりのつかさ》の女孺たちでございます」

言いながら、高倉が皆を座らせる。

女孺たちは、一斉《いっせい》に純子に頭を下げた。

「このたびは曹司町の据《す》え置きをお認めいただきまして、ありがとうございます」

中でも一番年上に見える女孺が、一歩進み出てそう告げる。

昨日、移動の前に和泉典侍から聞かされたのが、麗景殿の曹司町というもののことだった。

宮中で働く女官たちは、空いている殿舎の中や、殿舎同士をつなぐ渡殿《わたどの》の端を几《き》帳《ちょう》などで区切って、女房などと同じように、それぞれ局《つぼね》として使っている。麗景殿も、いまそこを使う女御がいないため、曹司町と呼ばれる、女官の局が集《つど》う場所ができており、殿舎の半分近くを占《し》めている、というのだ。

純子が麗景殿に移るなら、本来、女官たちも別の場所へ移動しなくてはならないのだが、今回は急に決まったことなので、すぐに明け渡すのが難しい。何日間か、曹司町をそのまま置いておいてはもらえないか——との和泉典侍の頼《たの》みに、純子は、こちらが後から入るのだから、先に使っていた女官たちが出ていくことなどない。きっと麗景殿も広いのだろうから、自分一人が使っても、半分以上余るだろう。自分は女官たちと一緒《いっしょ》でも、いっこうに構わない、と返事をしたのだ。

高倉の話では、麗景殿は弘徽殿とほぼ同じ大きさで、馬道《めどう》がないので、母屋《おもや》が南北に分かれているわけではないが、西と北に簀子《すのこ》が、四方に廂があり、さらに西側には孫廂もあるという。

弘徽殿と広さが変わらないなら、半分を使えれば充分《じゅうぶん》すぎるほどだ。

そんなわけで、純子は麗景殿を女官たちと一緒に使うことになったのである。

「こっちこそ、半分使わせてくれて、ありがとう。なるべく邪魔《じゃま》にならないようにするから、よろしくね」

「そんな、滅相もない――」

年上の女嬬が、慌てて手を振る。

「私ども、空いた時間に交代で、姫宮様のお世話をさせていただくことに決めました。女房の方々のようには行き届かないかもしれませんが、どうぞ何でもお申しつけください」

「……え？　みんなが女房みたいにしてくれるの？」

女官には女官の仕事があるだろうに。今度は純子が両手を振った。

「みんな忙《いそが》しいでしょ。大丈夫だよ。できることは自分でするし」

「はい、それはもちろん、通常の仕事が先になってしまうかもしれませんが……」

年上の女嬬が、明るく笑いながら答える。

「皆で分担すれば、時間はとれます。上の者たちも承知しておりますので、こちらに必要な人数の女房がそろうまで、手伝わせてください」

「……」

これはどうしたものかと、純子が高倉に目を向けると、高倉は穏《おだ》やかな表情でうなずいた。

「手が足りないときには、頼みましょう。皆、それでよいと申しておりますので」

「……じゃあ、お願いします」

純子が遠慮《えんりょ》がちに、ちょっと首をすくめると、女嬬たちはほっとしたような笑顔を見せた。

「よかった……。では、まず、調度を整えましょうか」

「あ、その前に掃除を……」

「几帳は足りてる？　入用なものがあったら、和泉典侍さんに言えばいいのよね？」

普段から後宮内の細々した用事をこなしている女嬬たちが、本領発揮とばかりに、次々と動き出す。

　母屋や廂はあっというまに掃《は》き清められ、とりあえず運び入れたままで放置されていた調度の数々は、おそらく適切なのであろう位置に、迅速《じんそく》に並べられていった。

　高倉もきびきびと歩きまわり、女孀たちの作業を確認していく。

　純子はその様子を、母屋の隅《すみ》に突っ立って、ぼんやりと眺《なが》めていた。できることは自分でやると言っておきながら、うかうか手を出せる雰囲気《ふんいき》ではない。

「姫宮様！」

　花野が両腕に畳《たたみ》を一枚ずつ抱え、駆《か》け寄ってくる。

「姫宮様、昼間はどのあたりにお座りになりたいですか？」

「え？　……あー、明るいところ、かな」

「あ、では、南の廂にお作りしますね」

　花野はそのまま、畳を南廂に運んでいった。純子は小走りに、花野についていく。

「ねぇ、花野……。本当によかったの？」

「はい？」

　花野は畳を日の差す場所へ敷《し》いて、振り向いた。

「仕事の合間にって言っても、そもそもわたしの世話は、みんなの仕事じゃないよね。

なのに……」

　純子の言葉に、花野はきょとんとし、それから声を立てて笑う。

「いいんですよ。みんな、やりたくてやってるんですから」

「……え？」

「だって、どこを掃除《そうじ》しても、どこの灯《あか》りを点《つ》けても、どこに紙を持っていっても、おはようとか、ありがとうとか、今日は寒いねとか、そんなふうに声をかけてくださるの、姫宮様しかいらっしゃいませんし」

「……」

「みんな、それが嬉《うれ》しいんです。だから姫宮様のお世話なら、喜んでします」

「それだけで……？」

　たしかに、働く女孀を見かけたら声はかけていた。しかしそれは、挨拶《あいさつ》程度のことだ。花野の言ったとおり、おはようとか、寒いねとか。

　だが、花野はまたも笑った。

「それだけのことを、姫宮様以外の誰も、あたしたちに言ってはくださらないんです。女御様方はもちろんですけど、女房の方々でさえも……」

「……」

言われてみれば、近くで女孀が働いていても、女房たちは気にも留めていない様子だった。

黙《だま》りこむ純子に、花野は、今度は苦笑《くしょう》する。

「あたしたちは、別にそれでもいいんです。そういうものですから。……それなのに、皇女様が、あたしたちのような身分の者に、お声をかけてくださるなんて、思ってもみませんでした」

「皇女……」

そうだった。自分は皇女なのだ。つい忘れそうになるが。

純子は少し困り顔で、首を傾《かし》げる。

「皇女でも誰でも、挨拶は大事なはずなんだけどね」

「でも、こちらは女孀ですから」

「相手が誰でも、大事なことは大事だよ」

「そう思われるのも、たぶん、姫宮様だけなんですよ」

呆《あき》れるのではなく、嬉しそうにそう言って、茵《しとね》も持ってきますからと、花野は奥に戻《もど》っていった。

……それで喜んでくれたなら、いいのかな。

相手の身分によっては挨拶すらしないのがお姫様なら、しょせん自分はお姫様にはなれないし、ならなくてもいいのではないか、という気さえしてくる。

純子は端近《はしぢか》に出て、御簾《みす》の向こうを見た。

……宮様。

理登なら、何と言うだろうか。

皇女なら女官と親しく話すべきではないと、たしなめられるか。それとも気にせずそのままでいいと、言ってくれるか——

純子は少し、目を伏《ふ》せた。

理登のことを考えると、最近いつも、物寂《ものさび》しい。

「姫宮様——姫宮様、大方整いましたが……」

「あ、うん……」

高倉に呼ばれて、純子は足早に母屋へ戻る。

「向こうのほうも、見ていい？　あっちは何があるの？」

「御確認《ごかくにん》なさいますか？　御案内いたします。こちらへどうぞ……」

調度はすべて並べ終えており、純子は見かけた女孺たちに礼を言いながら、殿舎の中をひととおり見てまわった。

「北側が曹司町《ぞうし》？　ここから先だね。この中が塗籠《ぬりごめ》？　どう使うの？　物をしまっておくところ？　……え、寝所《しんじょ》にも使うの？　う｜ん……わたしはここじゃなくていいかな。うん、東の廂《ひさし》で――」

そのとき、どこかで短い悲鳴が次々と上がるのが聞こえた。

「きゃっ……」

「え――猫っ？」

「何でここに猫がいるの｜？」

振《ふ》り返ると、軽快な足音とともに、一匹《ぴき》の黒猫が走ってくる。

「……あれ？」

昨日望平にぐるぐる巻きにされ、引っ掻《か》いて逃げた猫ではないだろうか。

「高倉、あの猫……」

「黒馬《くろま》――黒馬、戻っておいで！　どこ行《い》ったの！」

今度は猫を追って、何かいろいろ物を詰めこんだ打乱筥《うちみだりのはこ》を掲《かか》げ持った若い女房が、大慌《おおあわ》てで駆け込んでくる。

「何です玉江《たまえ》、騒々《そうぞう》しい……」

「あっ、すみません！」

呆れ顔の高倉を見るなり、若い女房はすべるようにして足を止めた。黒猫は純子の足元に、おとなしくうずくまっている。

「えーと……この子、あなたの猫？」

「あっ、姫宮様……」

若い女房は打乱筥を床《ゆか》に置き、急いで平伏《へいふく》した。

「いえ、あの、その子は弘徽殿の……あ、えーと、あたし、玉江と申します。弘徽殿から移ってまいりました。その猫と一緒に」

「玉江……」

高倉が困惑《こんわく》した表情で、ため息をつく。

「結局、連れてきたのですか」

「だって向こうにいたら、また何をされるか……。あの、この子、本当に賢《かしこ》いんです。迷惑《めいわく》はかけません。鼠《ねずみ》だって捕《と》ります」

「——高倉さーん、私たちの局はどこになりますか……」

高倉に必死で頭を下げる、玉江という女房の後ろから、また別の女房たちが、同じように物を載《の》せた打乱筥を持って現れる。

「あなた方は、西廂に局を作りなさい。荷物を置いたら、まず姫宮様に御挨拶を……

姫宮様？」

高倉に呼ばれ、しゃがんで猫の喉《のど》を撫《な》でていた純子は、顔を上げた。

「この子、可愛《かわい》いよ。おとなしいし」

「……」

何やらあきらめたような様子で、高倉は再び、玉江を振り返る。

「……猫も連れていらっしゃい」

「あ……ありがとうございます！」

黒猫は、純子の足元で、すっかり腹を見せて寝《ね》そべっていた。


弘徽殿から麗景殿に移ってきたのは、高倉以外に、女房が三人と女童《めのわらわ》一人、そして猫一匹――

黒馬という名の猫を連れてきたのが、十八歳の女房、玉江。二十七歳の女房紀伊《きい》と八歳の女童千鳥《ちどり》は、親子だという。そして、正確に何歳なのかはよくわからないが、間違いなく六十は過ぎているという白髪《しらが》の女房、源大輔《げんのたいふ》が、最後にやってきた。

「もともとあたしは、弘徽殿の猫の世話を任されていたんです」

黒馬を膝《ひざ》に乗せて、ため息まじりに玉江が話す。

麗景殿の南廂で、純子は弘徽殿から移ってきた女房たちと対面していた。どうして華《はな》やかな弘徽殿を出て、自分のほうへ来る気になったのか、聞いてみたかったのである。

「この黒馬は、先だって右府様から譲《ゆず》られた猫のうちの一匹なんですが、松宮様が、黒猫は嫌いだと仰《おつしや》って、この子だけ何かといじめるんです」

「……あれ、ひどかったよね。昨日の」

粉熟《ふずく》を摘《つ》まんでいた手を止め、純子は顔をしかめた。

さっき掃司の女孺《にようじゆ》が、御厨子所《みずしどころ》の近くを掃除してきたついでにと、いろいろ菓子《かし》を調達してきてくれたのだ。純子と女房たちの前には、粉熟と椿餅《つばいもちい》、胡桃《くるみ》の皿が並べられている。

「はい。昨日はちょっと目を離した隙《すき》に、あんなことに……。相手は松宮様ですし、あたしでは強く止められません。この子が助かったのは、姫宮様のおかげです」

気にしているのか、少し癖《くせ》のある鬢《びん》の毛を指で伸ばすように引っぱりつつ、玉江がほっと目を細めた。

「昨日、姫宮様が麗景殿へ移られると聞いて、黒馬を助けるには、もうこれしかないと思って……」

「連れてきたのは黒馬だけなの？　他の猫は大丈夫？」

細面の、いかにもやさしげな紀伊が、心配そうに黒馬を覗《のぞ》きこむ。

「他の猫たちはいじめられてないですし、あたしの他にも、猫の世話をする人はいますから。それに、あたしはたまたま知り合いに勧《すす》められて女房勤めを始めただけで、別に、弘徽殿にそれほど義理があるわけじゃないですしね」

「ああ、それは私も同じだわ……」

紀伊がおっとりと苦笑した。声も細い。

「私は夫と死に別れて、親元に戻って暮らしていたのですが、親も二年前に亡《な》くなりまして……。それで伝手《つて》を頼《たよ》って、どこでもいいので娘と一緒《いっしょ》に勤められるところを紹介《しょうかい》してもらいましたら、それが弘徽殿でした。……ただ、私も娘も、二年経《た》ってもなかなか馴染《なじ》めなくて……」

紀伊の背後に隠《かく》れるように、娘の千鳥が、じっとうつむいて座っていた。その姿に、純子は何日か前、望平に無理やり人形遊びをさせられたときのことを思い出す。あのとき集められた女童の中に、たしか千鳥もいたはずだ。

遊びの輪に入ってはいたものの、人形を他の子供に取られ、所在なさげに他の子供たちが遊ぶのを眺《なが》めていた子がいた。その子は何度か、誰も使っていない人形を手に取ったが、そのたびに他の子供が強引《ごういん》に取り上げてしまうので、人形を取り上げる子たちを、途中で叱《しか》った憶えがある。

何度も人形を取られていた、おとなしそうな女童が、おそらく、この千鳥だ。

「千鳥。そこのお菓子、食べていいんだよ」

純子が声をかけると、千鳥は驚いたのか、弾《はじ》かれたように顔を上げた。

「そっちのお皿は、千鳥たちのぶんだから。遠慮《えんりょ》しないで食べてね」

「――あれ、千鳥、まだひとつも食べてなかったの？　やだ、気づかなくてごめん。あたしがみんな食べちゃうところだったわ」

こちらは物怖《ものお》じせず、すでに椿餅をひとつ平らげていた玉江が、慌《あわ》てて千鳥の前に皿を押し出す。千鳥は真《ま》っ赤《か》な顔で、いただきます、と小声で言い、ようやく粉熟を摘まんだ。

なるほど、やはり引っこみ思案なのだ。親子そろって見るからにおとなしそうでもあるし、これでは人の多い弘徽殿では、苦労しただろう。

「大輔さんも食べてますー？」

玉江が一番離れて座っていた源大輔を振り返ると、源大輔は一拍《いっぱく》置いて、ゆっくりうなずいた。

「源大輔は、いつから弘徽殿にいたの？」

純子が身を乗り出して尋《たず》ねると、源大輔は、これまたゆっくりとした動作で、首を傾《かし》げる。

「……さて、いつからでしたか……」

「あたし三年前からいましたけど、そのときはもう、大輔さんはいましたよ。——ね、高倉さん？」

「私は七年前に弘徽殿へ入りましたが、大輔さんはそのころにもおいでてしたよ」

玉江に話を振られ、高倉は何か思い出そうとするかのように、眉根《まゆね》を寄せて何度か瞬《また》きをした。

「主上が御即位《ごそくい》されましたのが、十七年前……。女御《にょうご》様が弘徽殿に入られましたのも同じ年で、大輔さんは、そのころからお勤めをされていたと聞きましたが」

「……ああ、では、十七年前でございますね……」

源大輔が、皺深《しわぶか》い口元に微《かす》かに笑みを浮《う》かべる。六十過ぎとは聞いているが、もしかしたら、七十歳近いのかもしれない。

「私は、ずっと、夫と暮らしておりましたが……二十年ほど前に、夫に先立たれ……

夫が、東四条殿の、お家の御用をしておりました関《かか》わりで、女御様が、入内《じゅだい》の折り、女房として、お仕《つか》えすることになりました……」

「それじゃ、本当に最初からなんだね。……でも、それなのに、こっちに来てよかったの？」

長く勤めて弘徽殿のことをよく知っている女房なら、女御も側《そば》にいてほしいと思うだろうに。

だが、源大輔はぎこちなく、首を横に振った。

「……この年では、もう、以前のようには、動けませんので……」

「え、でも……」

動けなくとも、話し相手にはなるはずだ。それに、どんな用事も女童に指示を出すだけで、自らは動きたがらない女房は、年齢にかかわらず、何人もいたのだが。

「大輔さんは——たしか、囲碁《いご》がお強いのでしたね」

何故《なぜ》か純子の言葉をさえぎるように、高倉が珍《めずら》しく声を張り上げた。

「囲碁、ですか。……ええ、少しは……」

「あら？　私は、大輔さんは和歌がお上手だと伺《うかが》いましたけれど……。たしか、前に宴《うたげ》の席で詠《よ》まれた歌がたいへん素晴らしくて、評判になったと」

「そうなんですか？　あたし、大輔さんは琵琶《びわ》の名手だって聞きましたけど」

「……」

皆の視線が、源大輔に集まる。

源大輔は少し目を伏《ふ》せ、また微笑《びしょう》を浮かべた。

「昔は、いろいろやりましたが……近ごろは、何のお役にも、立ってはおりませんので……」

「えっ、でも、得意なんだよね？　囲碁も和歌も琵琶も。すごいじゃない」

純子は声を弾《はず》ませたが、源大輔はどこか寂《さび》しげに、うつむいている。

「母さま……」

千鳥が紀伊の袖《そで》を引き、何やら小声で話をした。紀伊はあら、とつぶやいて、苦《く》笑《しょう》する。

「どうしたの？」

「いえ、この子が、前に松宮様と大輔さんとで、囲碁をしているところを見たことがあるらしいのですが……松宮様が、全然勝てないとお怒《いか》りになって、盤《ばん》を蹴《け》ってしまわれたそうです」

「え、ひどい……」

勝てなくて癇癪《かんしゃく》を起すとは、いかにもあの兄らしいといえば、らしい話だが。

「……ええ、左様で……。それで、女御様が、松宮様を、勝たせてやらぬとは、気が利《き》かぬと、お怒りになられまして……以来、私は、弘徽殿での囲碁を、禁じられておりますので……」

「え、そうなの？　せっかく強いのに、もったいないよ」

「左様でございますね。――姫宮様、この機会に、源大輔に囲碁と和歌を教わってはいかがでございましょう。和琴《わごん》の他《ほか》に琵琶を習うのも、ようございますね」

純子の意向を訊《き》いているようでいて、高倉の表情は、もうはっきり習わせると言っているも同然の雰囲気《ふんいき》である。

「囲碁はわたしもやってみたいけど……和歌も？」

「苦手なままでは済まされません」

「……わかった……」

しょんぼりと肩を落とした純子に、玉江は小さく声を立てて、紀伊は袖で口を押さえて、遠慮がちに笑った。

「姫宮様、和歌がお嫌いですかー。あたしも下手ですけど」

「よろしければ、千鳥にも囲碁を教えていただきたいです。私もできないわけではありませんけど、すぐ負けてしまって……」

「あ、じゃあ、囲碁は千鳥と一緒に習うよ。その後で琵琶を習って、和歌は最後に。ね、高倉」

「いけません。和歌が先でございます」

「えー……」

情けない声を上げ、唇を尖《とが》らせた純子に、千鳥と源大輔《たいふ》までもが、下を向いて肩を震《ふる》わせている。

女房《にょうぼう》たちのそんな様子に、純子は宮中に戻《もど》ってきて初めて、心にも少し日が差したような気持ちになっていた。


源大輔が麗景殿に移ってきたのは、自身の意思ではなく、あまり年老いた女房は、見苦しいから置きたくないという、弘徽殿の女御の命令だったのだと――純子は後で、高倉に聞かされた。

古いことをよく憶《おぼ》えているので、勤めを辞めるようにとは、言われてこなかったらしいが、このところまったく、女御の前にも呼ばれていなかったという。

たしかに源大輔は老いてはいるが、よく見ていると、動作は遅《おそ》くとも、何かとまめまめしく働いており、決して見苦しいわけでも、動けないわけでもなかった。まるで追い出されるように、こちらへ移ることになったのは、悔《くや》しかっただろう。

……わたしも、追い出されたようなものだけど。

純子は脇息《きょうそく》に頬杖《ほおづえ》をつき、燈台《とうだい》の灯《あか》りを見つめていた。

都に来て十日で弘徽殿を追い出され、半年余りで東四条邸《てい》も追い出され、仕方なく戻った弘徽殿を、また十日で追い出された。

別に、今度のことに不満はないし、追い出されたという言い方は、正しくないかもしれない。帝《みかど》が物《もの》の怪《け》から、自分を守ってくれたのだ。

だが、生霊《いきりょう》になるほど、自分が弘徽殿にいることを、快く思っていない者がいるという。……物の怪によって、弘徽殿を出なければならない状況を作られたという意味では、物の怪に追い出されたとも言える。

皆、それぞれ事情を抱《かか》えて、麗景殿に来たのだ。

玉江は黒馬を守るため、紀伊もおそらく、遊びの輪からも弾かれる千鳥を守るために。

そして、高倉も。

「――姫宮様」

衣擦《きぬず》れの音がして、高倉が東廂《ひさし》に入ってきた。

「まだお休みではなかったのですか」

「……あ、うん」

純子は目を上げ、高倉を見る。

「ねぇ、高倉」

「はい」

「高倉は、よかったの？　弘徽殿にいなくて……」

源大輔ほど長くなくても、高倉も七年、弘徽殿にいたのだ。いまになって弘徽殿を出るのは残念だという気持ちがあっても、おかしくはない。

だが、高倉は怪訝《けげん》な顔をした。

「今度のことは、和泉典侍と私が、主上に御相談《ごそうだん》したことでございますので」

「うん。でも、まさかこっちに来ることになるとは、思ってなかったんじゃないかなって……」

何となく語尾《ごび》を濁《にご》すと、高倉はやっと得心がいったという様子でうなずき、純子の傍《かたわ》らに腰を下ろす。

「私は、いまは弘徽殿の女房ではございますが、それ以前にも、他所《よそ》の幾《いく》つかの家で女房勤めをしておりましたので、勤めるならば弘徽殿でなくてはならないということも、ございません」

「……そうなの？」

「はい。主上からも、姫宮様のお世話を仰《おお》せつかっておりますので、私はこちらで、お勤めをさせていただきます」

高倉はもともと、あまり感情を大きく表に出すほうではないが、自分の手前、無理をしてそう言っているというわけでもなさそうだ。弘徽殿にすごく未練があるという様子ではない。

「それならいいけど……。人も少ないし、大変になっちゃったかなって思って」

「女孺《にょうじゅ》たちもおりますので、それほどでもございません。これから大変になりますのは、姫宮様のほうかと思われますが」

「わたし？」

「和歌と囲碁も覚えていただかなければいけませんが、手習いと和琴も、お稽古《けいこ》中でございますので」

「あー……」

純子は思わず、脇息に突《つ》っ伏《ぷ》した。

たしかに、続け書きの練習はまだ途中だし、和琴も弾《ひ》ける曲は少ない。やることは山ほどある。

純子はそこで、ふと思いついて顔を上げ、手を伸ばして高倉の袖を摑《つか》んだ。

「ねぇ、高倉。もしわたしが主上に、また宮様にいろいろ教わりたいってお願いしたら、宮様、ここに来てくださる？　ここは弘徽殿じゃないし……」

一度は認めてくれたのだ。もう一度頼めば、もしかしたら――

しかし高倉は、難しい顔をした。

「実は、そのことはすでに、主上にお願いいたしました。ですが、姫宮様の御教育についてのことを、先だって主上が、弘徽殿の女御《にょうご》様に御相談なさらずに、兵部卿宮様にお任せするとお決めになってしまわれたことに、弘徽殿の女御様がひどくお怒りになったからと、今度は認めてはくださらなかったのでございます」

「え……」

「麗景殿では、書や楽器に長《た》けた女房を新たに集め、姫宮様の御教育は女房たちでするように、と……」

「……駄目《だめ》なの……」

純子は高倉の袖を放し、嘆息《たんそく》する。

見るからにがっかりしている純子に、高倉は苦笑した。

「近いうちに、文使《ふみつか》いを手配いたしますので、文のやり取りはできるようにいたしましょう」

「……それは大丈夫？」

「それくらいでしたら、おとがめもありますまい」

うなずいた高倉に、純子は笑顔を返す。

会うことは、かなわない。でも文は出せる――

「……さぁ、もうお休みなさいませ。寒くはございませんか。火桶《ひおけ》をお持ちいたしましょうか」

「ううん、平気。……おやすみなさい」

高倉が燈台の火を消し、奥へ戻っていった。

辺りは暗くなったが、まだ釣燈籠《つりどうろう》の灯りもあり、目が慣れてくると、近くにある物の形も見えてくる。

「……」

純子は几帳《きちょう》の裾《すそ》に隠《かく》すように置いていた文箱を引き寄せ、蓋《ふた》を開けた。

少しだけ色あせてしまった紅葉の枝と、色あせない紅の薄様《うすよう》。……まだ微《かす》かに香る、懐《なつ》かしい香り。

手習いは、ずっと続けている。いつか理登に、文が出せるようにと。

もう少し――

蓋を閉め、純子は文箱の上に伏《ふ》すように、頰《ほお》を押しあてた。

もう少し待てば、文を出せるかもしれない。

本当は、会いたいけれど。かなわないなら、せめて文を。

文箱を枕《まくら》に、純子はいつしか瞼《まぶた》を閉じていた。

どこかで物音がした気がして、純子はふと、目を開けた。

きちんと衣を掛《か》けないまま、うたた寝《ね》をしてしまっていたのだ。どれくらい眠っていたのだろう。さっきより、夜気が少し冷たい。

純子は小さく息をつき、体を起こす。

足元にあった綿入りの衣を引っぱり、肩に羽織ろうとして、純子は動きを止めた。

それほど遠くないところで、物音がする。

やはり、さっきも何か音がして、目が覚めたのだ。女嬬の誰かが見まわりでもしているのだろう。そう思って、純子はもう一度、横になろうとした。

「……」

違う。

この足音は、女嬬ではない。女嬬や女房の足音は、もっと軽く、皆、すべるように歩く。

だがこれは、もっと重い――男の足音だ。

さっきの物音は、戸が開くような音だった。そういえば、東廂には簀子《すのこ》はないが、たしか廂の途中に、ここと隣《とな》りの梨壺の殿舎とをつなぐ、渡廊があったはず。渡廊に通じる戸が開いたとすれば、誰かが入ってきたのか。

純子はとっさに脇息を摑み、身構えた。

盗賊《とうぞく》だったら、思いきり殴《なぐ》ってやる――

「……」

立ち上がろうとした瞬間、覚えのある香りがした。……文箱を開いたときよりも、はっきりと。

脇息を担《かつ》いだまま、純子は顔を上げる。

燈籠の灯りの下。

すらりとした衣冠《いかん》の立ち姿。

……どうして。

「何故、ここに……」

自分が考えたのとまったく同じことを、几帳の陰《かげ》から現れた理登が、驚いた表情でつぶやいた。

純子が呆然《ぼうぜん》と固まっていると、理登は訝《いぶか》しげな顔で、辺りを見まわす。

「……たしかに、東の廂だな」

独り言のように言って、理登は身を屈《かが》めると、純子と目の高さを合わせた。

「驚かせてすまない。てっきりここにあるのは、高倉の局《つぼね》だと思っていた」

「……」

「ところで、どうして脇息を肩に担いでいるんだ」

「へっ？　……あ」

純子は慌《あわ》てて、脇息を下ろす。

「ぬ、盗《ぬす》っ人《と》かと思っ……」

「何？」

理登は大きく目を見開き――そして、気が抜《ぬ》けたように息をつく。

「姫宮。……そういうときは、自分で退治しようなどと考えず、人を呼ぶんだ。危ないから」

「えっ。あ、そ、そう……でした」

ここは田舎《いなか》の小さな家ではなかった。

理登は少し目を細め、ほんのわずかに、苦笑《くしょう》した。

「高倉から、私が今夜来ると、訊《き》いていないのか」

「え？　……い、いえ、全然……」

ようやく文を出せそうだという話をしたばかりだ。

純子が激しく首を横に振《ふ》ると、理登は微かに眉根《まゆね》を寄せる。

「そうか。連絡が行き違ったのかもしれないな。――姫宮が弘徽殿から麗景殿に移ったことは、聞いている。それで、宮中での宿直《とのい》のさいに、挨拶《あいさつ》をするつもりだったのだが……」

理登は几帳と屏風《びょうぶ》に囲まれた中に、目を走らせた。

「……もしや、ここが姫宮の寝所《しんじょ》か？」

「あ、はい。……そう、です」

「それは失礼した。まず高倉に声をかけて、それから姫宮に面会を頼むつもりだった。姫宮の寝所なら、母屋《おもや》か塗籠《ぬりごめ》にあると思っていたから」

「……あ、普通は、そう……みたい、ですね」

何となく、広い部屋にぽつんと寝所が置かれたり、閉めきった中で寝たりするのが嫌で、東廂《ひさし》の南端《なんたん》に寝所を作ってもらったのだ。

「高倉は、西の廂です。……呼びます、か？」

「いや、いい。姫宮に会いにきたのだから」

「……」

わたしに――

純子は、おそるおそる手を伸ばす。

理登の袍《ほう》の袖《そで》に触《ふ》れた。……「菊花《きっか》」の香り。

「宮……様？」

「何だ」

「本当に、宮様……？」

「……」

理登は、袖に置かれた純子の手を、指先で軽く、二度叩《たた》いた。

「私だ。物《もの》の怪《け》でも何でもない」

「……」

純子は、今度は袖口から覗《のぞ》く理登の手に、自分から、そっと触れてみる。……あたたかい。

「宮様に、お会いしたかったんです」

「……そうか」

「ずっと、そう思っ……」

ぽろぽろと、涙がこぼれた。

目を見開き、唇を引き結んだまま。

「……」

ときおりしゃくり上げる純子の背を、理登は無言でさすり続ける。

ようやく涙が止《や》んだころ、理登が懐《ふところ》から懐紙《かいし》を数枚取り出し、純子に渡した。

「……前にも、ありましたね。こんなこと……」

何だか決まりが悪くて、純子はちょっと、首をすくめる。

理登は茵《しとね》の端に腰を下ろし、低く小さな声で言った。

「寂《さび》しくて泣くのでないのなら、別にいい」

「……はい」

受け取った懐紙で涙を拭《ぬぐ》い、純子はほっと顔をほころばせる。

「びっくりしました。……でも、あの、宮中の……何、ですか？」

「ああ、宿直だ。昼間の仕事の他《ほか》に、夜、警護のために、交代で宮中に泊まる役目がある。今夜がその当番の日で、いま、自分の仕事を終えて、直盧《じきろ》に——直盧は宿直のさいに休息する場所だが、その直盧に引き揚《あ》げてきたところだ。宿直の夜は、いつもここに泊まる」

「……ここ、って」

「私の直盧は、麗景殿だ」

「え……」

純子は、ぽかんと口を開けた。

「あの……わたし、それ、聞いてないんですけど……」

麗景殿にあるのは、女官の曹司《ぞうし》町だけではなかったのか。

「高倉も、主上も、えーと、和泉典侍も、何も言ってなかったですし……」

「和泉典侍は承知している。高倉は、私の直盧が梨壺にあると思っているかもしれない。主上は——おそらく、私の直盧が麗景殿にあるのを、お忘れなのだろう」

「……その、直廬……って、麗景殿、全部……」

「いや、ひと晩泊まるだけのための場所だ。曹司町とは反対の、南廂を使っている」

自分が昼間、いるところだ。そういえば、花野が自分のための畳《たたみ》や茵を持ってきてくれたが、南廂の隅《すみ》に、すでに畳と茵が何枚か積んであったので、何故あれを使わないのかと、不思議に思っていたのだ。あれは理登が使うものだったのか。

「……」

純子は理登の顔を、じっと見つめた。

相変わらず、表情にとぼしい面差《おもざ》し。それでもきれいで——穏《おだ》やかな瞳。

突然会えなくなって、十日ほどしか経《た》っていない。それなのに、とても懐《なつ》かしい。

話したいことはいろいろあったはずなのに、何を言えばいいのかわからなくなっていた。

やがて理登がうつむいて、短く息を吐《は》く。

「……邪魔《じゃま》をして悪かった」

「え……？」

「いくらここが弘徽殿でないとはいえ、これでは姫宮の寝所に押しかけたも同然だ。非常識だった」

「それはわたしが、普通は寝ないところで寝ていただけで……」

「いや。もう失礼する。もとより挨拶だけのつもりだった」

早口でそう言って、理登は腰を上げようとした。

「あ……」

行ってしまう――

純子はとっさに理登の片腕にしがみつき、自分のほうへ思いきり強く引く。

まだ完全に立ち上がってはいなかった理登は、純子の力に負けて、前のめりに倒れた。理登の膝《ひざ》が脇息にぶつかり、弾《はじ》き出された脇息が、畳から音を立てて落ちる。

腕を引いたはずみで仰向《あおむ》けに転がった純子の体に、一瞬、押さえつけられるような重みがかかった。あえぐように息をすると、理登の香りが強く濃《こ》く、胸に流れこむ。

理登は、純子に覆《おお》い被《かぶ》さるような体勢になっていた。片方の腕を純子に抱えこまれたまま、自由なほうの手を茵について、純子を押し潰《つぶ》さないように、かろうじて体を支えている。

「……」

「あっ……」

寝所を訪ねたのは非常識だったと言っていた理登を、はからずも、逆に寝所の内に引き入れてしまった。それも力ずくで。

自分のしてしまったことに混乱し、ここからどうすればいいのかわからず、純子は理登の腕を摑《つか》んだまま、呆然《ぼうぜん》と理登を見上げていた。

「……腕を、放してくれ」

理登は微《かす》かに表情を歪《ゆが》め、かすれ声で告げる。

「この姿勢のままではつらい。姫宮、腕を」

「行かないで、くれますか」

「わかった。……わかったから」

腕を解くと、理登はほっと息をつき、体を起こして純子の上からどいた。

純子もすぐに起き上がると、傍《かたわ》らに座りこんだ格好になっている理登の袍の袖を、あらためて摑んだ。

「……姫宮」

理登は困惑《こんわく》を隠《かく》さない表情で、純子を見る。

純子は理登の袖を両手で握《にぎ》りしめたまま、うつむいた。

「怖《こわ》い夢をみるんです。……子供のころから、何度も」

「夢？」

「たぶん、さらわれたときのことを。衣にくるまれたまま抱えられて、どこかへ運ばれて、舟《ふね》に放《ほう》り出されて、川に流されて――」

声も出せず。泣くことすら忘れて。

「子供のころは、怖くて飛び起きると、ばばさんがなだめてくれたんです。もう大丈夫だって。大きくなったら、滅多《めった》に夢をみなくなっていたけど、都に戻《もど》ったら、またみるようになって」

「……」

相槌《あいづち》などはなかったが、理登が耳を傾《かたむ》けてくれている気配は感じられた。

「弘徽殿でも、東四条でも、夢はみました。でも、宮様が来てくださっていたときは、みなかったんです。なのに、また弘徽殿に戻されて、毎晩みるようになって……」

衣にくるまれ息もできなかったあの苦しさと、弘徽殿の窮屈《きゅうくつ》さが、重なるように。

「……けど、これ……」

純子は片手で理登の袖を握りしめつつ、もう片方の手で辺りを探《さぐ》り、文箱《ふばこ》をたぐり寄せる。

「……宮様の文、宮様の香りがするんです。夢をみて、目が覚めても、宮様のことを考えていれば、また眠れたんです……」

理登のことを考えると、少しだけ胸が締《し》めつけられるような気もしたけれど。

それは、夢の息苦しさとは、まるで違ったから――

「……会いたかったんです」

またひと筋、涙が頬《ほお》をつたう。

「我儘《わがまま》言ってごめんなさい。……でも、もう少し、ここに……」

「……」

理登は、黙っていた。呆《あき》れられているのかもしれない。

どれくらいの沈黙だったか――純子がとうとう手を放そうかと思ったとき、理登が口を開いた。

「……三つ、尋《たず》ねたいことがある」

「は……」

うまく返事ができなかった。純子はおそるおそる、顔を上げる。

「初めて会った日、姫宮は、私が皇子と聞いて、兄だと誤解し、違うとわかると残念がっていた。……憶《おぼ》えているか」

「……」

純子は、無言でうなずいた。理登の顔がぼやけて見えるのは、涙のせいか。

「いまでも、私が兄でなくて残念だと思うか？」

「……思いま、せん」

もし望平が理登のような人物だったら、それはたしかに自慢《じまん》できる兄だったろう。

だが、理登が兄だったらよかったとは、思わない。

「兄弟って……あの……いずれは、離れるものですよね」

「年を経《へ》れば、いずれはそうなるだろうな」

「それなら、宮様が兄上様なのは……嫌です」

「……そうか」

理登の声は、どこか安堵《あんど》したような響《ひび》きを含《ふく》んで聞こえた。

「二つめだ。……都に来る前の名は？」

「えっ？」

純子は目を瞬《またた》かせた。それでようやく、視界がはっきりしてくる。

「大和国にいたときの名だ。養い親が呼んでいた名が、あったのではないか」

「……あ、はい。あの、いと、です」

「いと？」

「はい。ばばさんが付けたそうです。……都に戻って、主上がこっちでの名前を決めてくださるときに、わたし、わたしの名前はいとです、って、言ってしまって……。

そうしたら主上が、それなら純子にしよう、って……」

「……そういうことか。主上らしい名付けだ」

理登の表情が、幾《いく》らかやわらいだ。

「そうか。……いと、か」

「……」

十二年、呼ばれ続けた名前だ。姫宮と呼ばれるより、まだ耳に馴染《なじ》んでいた。

その名を理登の声で呼ばれ、純子は急に、気持ちが落ち着かなくなる。

「……三つめ、だが」

「は、はいっ」

純子は理登の、次の言葉を待った。だが理登は、なかなか三つめの質問を口にしようとはしない。うつむき気味のその表情からは、何か迷っている様子がうかがえた。

何か訊《き》きづらいことなのだろうか。純子は上目遣《うわめづか》いに、理登の顔をそっと覗《のぞ》きこむ。

眉根《まゆね》を寄せて何か考えこんでいた理登は、一瞬、純子に目を戻したが、すぐにまた視線を逸《そ》らした。

「宮様……？」

だんだん不安になってきて、純子は袍《ほう》の袖《そで》を摑む手に、力をこめる。

「……姫宮は――」

目を背《そむ》けたまま、理登がようやく切り出した。

「これからも、私に会いたいと……会い続けたいと、思うか?」

「え」

それが質問なら、口にするのをためらうようなこととも思えず、純子は首を傾《かし》げてしまう。

「思います。これからも、宮様に会いたいです」

「……それで、良くない噂《うわさ》が立ってもか?」

「え、噂って……」

「私がここに出入りするようになったら、それを誰か、たとえば他所《よそ》の女房《にようぼう》が、目にするかもしれない。その女房が誤解して、それを人に言いふらしてしまったら、噂になるのは間違いないだろう」

「誤解って、何ですか」

「だから――」

少し語気を強めかけて、理登は純子に袖を摑まれていないほうの手で額を押さえ、軽く息をつく。

「……私と姫宮が、恋人の仲だという誤解だ」

耳をすましていなかったら、聞き逃《のが》してしまいそうなほど低い声で、理登がつぶやいた。

純子は大きく目を見開く。

宿直《とのい》だからと、理登は今夜、ここに来てくれた。しかし、たしかにこれは――何も知らない者には、たとえば東四条殿の女房のもとに、夜中、恋人の男が忍《しの》んで通ってくるのを見たことがあるが、それと同じような状況に見えるかもしれない。

「……見え、ますか。恋人の、仲に……」

「姫宮は妙齢《みょうれい》で、私とはそのような仲に見られても不自然ではない程度の年の差だ。見えるか見えないかは、見た者がどう思うかにもよるが、そう思う者がいたとしてもおかしくはない」

何やらまわりくどい言い方で、理登が肯定《こうてい》する。

そうか。……会いたいと願うことは、我儘以上に危《あや》ういことだったのか。

「ごめんなさい……」

純子はずっと掴んでいた袍の袖から、手を放した。

「わたし、自分のことしか考えてなかったです。……宮様の迷惑《めいわく》になるところだったんですね。そんな噂になったら……」

「いや、私は特に困ることはない。しかし、姫宮には良くないことだ」

「……え？」

純子はもう一度、首を傾げる。

「どうして、わたしに良くないことなんですか？」

訊き返すと、理登のほうも怪訝《けげん》な顔をした。

「姫宮は当代の帝《みかど》の皇女だ。いずれ結婚の話もあるだろう。私と噂になっては、後の障りになりかねない」

「宮様は、どうして困らないんですか」

「私は別に、失うものは何もない。出世をする必要はないから、進退や結婚について気にすることもないし、仮に皇女をたぶらかしたと噂が立とうとも、いまさら悪評がひとつ増えたところで、どうということもない」

淡々とした口調だが、どこか捨て鉢《ばち》にも聞こえた。それが何だか悔《くや》しくて、純子は唇を噛《か》む。

「宮様は、何も悪くないのに……」

「どのみち噂になってしまったら、言い訳はできない。私は都を離れるなり出家するなり、いくらでも身の処し方はあるから、困ることはないと言ったんだ」

「宮様がそんなことになったら、わたしも宮様と一緒《いっしょ》に、都を出ます」

「滅多なことを言ってはいけない。誤解が誤解で済まなくなる」

険しい面持《おもも》ちで、理登は首を振《ふ》った。

純子は奥歯を嚙みしめ、きつく両手を握《にぎ》りしめる。

「……わたし、どうすればいいですか」

理登に会いにきてもらうことが、理登の迷惑になってしまうのなら、もう会ってはいけないのかもしれない。

でも、会いたい。理登に会えなくなるのだけは、嫌だ。

「これからも、できれば宮様に会いたいです。……でも、それでわたしじゃなくて、宮様が悪く思われるのは――」

「姫宮は、どうもしなくていい」

純子の言葉をさえぎって、小声ながら、理登がきっぱりと言った。

「もとより私の宿直の直廬《じきろ》はここだ。宿直の晩には会いにこられる。それ以外でも、姫宮が私に用があれば、知らせてくれれば訪ねよう。……日のある昼間は難しいが」

「どうして……」

純子は理登に詰《つ》め寄るように、身を乗り出す。

「宮様こそ、いいんですか。全部わたしの我儘なのに」

「構わない」

理登は座ったまま片膝《かたひざ》を立て、その膝に片肘《かたひじ》を置いて、つぶやいた。

「……私だって、いくら会いたいと頼まれても、相手が会う気にならない人物なら、会いにいったりはしない。だから、姫宮が気にすることではない。私はそこまで人が好いわけでもない」

「……それ、は……」

理登は、理登の意思で、会いにきてくれると――

純子はおずおずと、再び理登の袖を引く。

「……わたし、宮様に、いろいろ教えていただきました」

「そうだな」

「わたし、宮様に何かしてもらってばかりで……わたしは、何も……」

理登は純子に目を向けた。膝に置いた腕で頬杖《ほおづえ》をついている。

「別に何か見返りを求めているわけではない。私には私の考えがあって、今夜ここへ来たのだし、これからもここを訪ねようと思っている」

「……宮様の考え、って？」

「私にも思うところはある、ということだ」

「……よく、わかりません」

そこにあることはわかっているのに、御簾《みす》や几帳《きちょう》に隔《へだ》てられて、手が届かないような、そんなもどかしさを感じていた。

「わたし田舎《いなか》育ちで、都の人たちみたいに、察しがよくないんです。はっきり言ってもらえないと、わからないんです」

「……はっきり言っていいのか」

「はい」

「あいにく私は、はっきりでもそうでなくても、気の利《き》いた物言いはできない」

ぶっきらぼうにそう告げると、理登は頬杖をやめ、きつく目を閉じ、口を引き結ぶ。

そして、ひと呼吸ぶんくらいの間を置いて、目を開けた。

「つまり――恋をする覚悟《かくご》ができた、という話だ」

「……」

純子は口を半開きにして、理登を見つめる。

恋をする覚悟。

「私がここを訪れる姿を見た誰かが、もし、恋人のもとへ通っているのだと考えたとしたら、それは半分が誤解で、半分が真実だ。……少なくとも、私は己《おのれ》の恋のために、姫宮に会うのだから」

何もない空を睨《にら》むように見すえ、理登がかすれた声で言った。

恋——

「……あ」

隔てられた、向こう側にあったもの。

理登の表情の険しさとは裏腹に、純子は雨上がりのよく晴れた朝のような、清々《すがすが》しい気持ちになっていた。

それでよかったのだ。あんなにも理登に会いたかった、あの苦しさの理由は。

「宮様って、やっぱりすごいですね」

「……何?」

理登が途惑《とまど》った様子で、こちらに顔を向ける。

「だって、わたし、気づいていませんでした。宮様に会いたい会いたいって、思ってばかりでしたけど、それは宮様が大好きだからなんだ、って……」

「……」

「これ、恋なんですね。知りませんでした」

「……」

何度もうなずく純子を、理登は何か言いたげな目で見ていた。

「あ、でも、半分は誤解で？　半分——」

「……この場合、すべて真実だ」

「え」

「いま、そういうことになった。……そういうことになったと、わかった」

理登が大きく息をつき——そして、薄く苦笑《くしょう》する。

「恋人の仲だと勘《かん》ぐられても、本当に言い訳できなくなるが……」

「言い訳しなくちゃいけないいんですか？」

「いや……」

理登は少し目を伏《ふ》せ、そしてまた顔を上げて、今度はまっすぐに純子を見ながら、袖を摑《つか》まれていないほうの手を伸ばしてきた。

「……」

理登の手が、頰《ほお》に触《ふ》れる。

ちょっとくすぐったくて、純子は首をすくめた。

理登はそのまま、片腕だけで、純子を抱《だ》き寄せる。

……あ。

ぶつかるように、純子は理登の胸に倒れこんだ。またあの香りが、強く香る。

純子は理登の肩口に、額を押しつけた。

「……袖は、そろそろ放してくれないか」

耳元でささやかれ、純子は逆に、袖を強く握りしめてしまう。

「姫宮……」

「……あ、ごめんなさ……」

はっとして放した手の行き場に迷い、純子は思いきって、理登の首に腕をまわす。

「……姫宮、それは、息が苦しい」

「えっ」

またも慌《あわ》てて手を放し、今度はどうすればいいのかとおろおろしていると、小さく笑う声が聞こえた。

「……」

笑っていた。理登が。

純子は目を見張り、理登の顔を間近で見つめる。

「……どうした」

「宮様が、笑うから……」

「私だって、笑うことぐらいはあるが」

「え、でも、わたしは初めて見ました。宮様の笑顔」

「……そうか？」

「あ、だめ、また眉間《みけん》に皺《しわ》が」

純子が笑って、理登の額に触れると、理登がその手を摑んだ。

「……いと」

耳に慣れた名で、理登に呼ばれる。

純子は吸い寄せられるように、理登の目を覗《のぞ》きこんだ。

純子の肩を抱く理登の手に、力がこもる。

唇が触れ合い、純子は理登の手を強く握り返した。


高倉が起こしにきたとき、純子はもう茵《しとね》に座り、脇息《きょうそく》に頰杖をついて、ぼんやりしていた。

さっき、まだ夜が明けきらないうちに、理登を見送ってきた。

見送ったといっても、梨壺への渡廊のところまでついていっただけだ。もう少し先まで、と思ったが、戸の外に出たら誰かに見られるかもしれないからと、理登に止められてしまった。その代わり、あとで文《ふみ》をくれると約束してくれた。

「おはようございます、姫宮様。今日はお早いですね」

「……あ、おはよ……」

純子が振《ふ》り返ると、几帳をどけて寝所《しんじょ》に入ってきた高倉が、いぶかしげな表情で、辺りを見まわしている。

「高倉？」

「……姫宮様。もしや、兵部卿宮様が、お見えになりましたか」

「え」

何故わかったのか。

純子の顔を見て、高倉は目を見開いた。

「そうなのですね？」

「……えー……ど、どうしてそう思うの？」

「いつもと香りが違います。これは、兵部卿宮様がお使いの『菊花《きっか》』でしょう」

「……」

残り香《が》か。そこまで考えていなかった。

ここで高倉相手にとぼけても、意味はないだろう。純子は自分の衣の袖を、鼻先に近づけてみた。

「……あ、本当。香りが移ってる」

「姫宮様。兵部卿宮様は、いつこちらに？」

「昨日の夜……。お仕事が終わってからだったはず」

「夜中ではありませんか」

「そうかな？　うん、そうだと思う」

純子がうなずくと、高倉は呆《あき》れ顔で嘆息《たんそく》する。

「落ち着くまで御訪問《ごほうもん》はお待ちくださいと、お願いいたしましたのに……」

「高倉、知ってたの？　宮様が来られるって」

「宿直《とのい》のさいにお訪ねすると、御連絡はいただいておりました。ですので、しばらくお待ちをと、お返事したのですが」

それなら、理登の連絡は、高倉に届いていたのだ。ただ、その返事が理登に届かなかったので、理登は知らせたとおりに訪ねてしまった、ということだったようだ。

「それ、宮様は御存《ごぞん》じなかったみたい。わたしが何も聞いてなかったから、びっくりしていらしたし。高倉も、話してくれればよかったのに……」

「私はまず文のやり取りからと、思っておりました。姫宮様も、兵部卿宮様がお見えになったのでしたら、私をお呼びくださいませ。……ああ、こちらにまで香りが」

高倉は困った様子で、純子の綿入りの衣を几帳に掛《か》け、叩《たた》いて伸ばしている。

「いま、香《こう》を焚《た》いて、香りをつけ直しますので」

「え、そのままでいいじゃない」

「いつもと違う香りがすれば、他の女房《にょうぼう》たちにもすぐわかりますよ」

「香を変えたって言えばいいじゃない。これから本当に変えるから……」

純子がそう言うと、高倉が振り向いた。

「宮様に、同じ香を分けてくださいって、お願いしたの。今度届けてくださるって」

理登の香を焚けば、理登が来られない日でも、寂《さび》しさがまぎれるかもしれないから分けてほしいと頼んだのだが、普段から同じ香を使っていれば、一緒《いっしょ》にいた後でも、移り香《が》だとは気づかれないかもしれない。

「……たしかに、香ならば、贈《おく》り物をいただいたということにもできますが……」

高倉は几帳の位置を直しながら、横目で純子の様子を見た。

「とにかく、そのようなときには、夜中でも私をお呼びくださいませ。お話しされるのでしたら、兵部卿宮様の御座も御用意しますし、灯《あか》りもお持ちいたしますので」

「あ、それは、たぶんいらない……」

言いかけて、純子ははっと、袖で口を押さえる。高倉が、再び目を見開いた。

「姫宮様。……念のためお伺《うかが》いしますが、兵部卿宮様は、昨晩こちらにお見えになって、いつお帰りになりましたか」

「え？　えーと……」

「まさか、ひと晩こちらでお過ごしになられたわけでは……」

「……」

純子は高倉から目を逸《そ》らし、何となく衣の襟元《えりもと》を掻《か》き合わせる。

「姫宮様」

「わたしが、帰らないでってお願いしたの」

高倉がとがめるような口調になったのを察して、純子はすぐにさえぎった。

「宮様は悪くないから。引き止めたのは、わたしだから」

「姫宮様、たとえ夜中といえども、人目というものはあるのでございますよ。警護の者たちや、他所《よそ》の女房や――」

「わかってる」

高倉を振り仰《あお》ぎ、純子は膝《ひざ》の上で拳《こぶし》を握《にぎ》りしめる。

「……わかってるから。何があっても、宮様には迷惑《めいわく》かけないようにするから」

「兵部卿宮様より、姫宮様でございます。もし、弘徽殿の女御《にょうご》様の……いえ、主上のお耳にも、このことが届いてしまったら、いかがなさいます。姫宮様のお立場では、好き勝手に殿方《とのがた》とお付き合いはできないものですよ」

「それならなおさら、噂《うわさ》にならないように気をつけないとね」

「そのような――」

「……えー……」

御簾《みす》の向こうから、別の声が聞こえた。純子と高倉は、同時に振り返る。

「その声、玉江ですか」

「あっ」

しまった、と小さくつぶやいたのは、たしかに玉江だった。

御簾を掻き分け、櫛《くし》箱と鏡を持った玉江が、決まり悪そうに顔を出す。

「おはようございますー……。あの、姫宮様の身支度《みじたく》を……」

よく見ると、玉江の後ろに、紀伊も洗顔の水が入った角盥《つのだらい》を持って、立っていた。

高倉が咳払《せきばら》いをして、玉江と紀伊に、入るようにと告げる。

玉江と紀伊は顔を見合わせ、それから玉江が興味津々《しんしん》といった様子で、紀伊のほうは遠慮《えんりょ》がちに、それぞれ口を開いた。

「兵部卿宮様って、あの兵部卿宮様ですよね？　姫宮様の恋人だったんですか？」

「たしか東四条殿で、姫宮様が手習いの御指導を受けておいでだったとか……」

話はすっかり聞こえていたようだ。

純子は二人の女房に向かって、拝むように両手を合わせる。

「あの、内緒《ないしょ》にして？　誰にも言わないでほしいの」

「え？」

「お願い。……もう二度と、宮様に逢《あ》えなくなるのは嫌なの」

「……」

玉江と紀伊が、再び顔を見合わせる。高倉は小さくため息をついた。

「ですから、慎重《しんちょう》にならなくてはいけないのです。こちらに移ってすぐお会いになるなど……」

「まぁ、ほら、慎重でも大胆《だいたん》でも、見つかるときは見つかるし、見つからないときは結構見つからないものですよー？　たしかに、姫宮様の御身分ですと、噂になったらちょっと面倒かもしれませんけど」

玉江が櫛箱を持ったまま、のんびりとした口調で高倉の小言を止める。

「ですが、お相手が宮様でしたら、御身分が釣《つ》り合わないということもございませんし、それほど大変なことでもないように思いますが……」

紀伊も角盥を床《ゆか》に置きながら、苦笑《くしょう》した。

「それに、たしか兵部卿宮様でしたら、主上の囲碁《いご》のお相手を、ときどきされておいでですとか……。書や楽器に秀《ひい》でておいでだと評判ですし、主上の御信頼《ごしんらい》もおありの方でございましょう」

「そうですよね。あ、でも、何故《なぜ》か弘徽殿では、兵部卿宮様のことをやけに悪く言う人もいましたよね。あれ、何だったんでしょうね」

「……二人とも、お喋《しゃべ》りの前に、姫宮様の身支度を」

高倉がすっかり呆れた顔で、手を叩く。玉江と紀伊は、慌《あわ》てて純子の前に座った。

玉江が鏡の用意をし、紀伊が顔を拭《ふ》く布を広げる。

「姫宮様。――あたしたち、姫宮様の女房ですから」

玉江が櫛箱を開けながら、小声で純子に告げた。

「姫宮様の秘密は、ちゃんと守りますよ。心配なさらないでくださいね」

「……」

純子は、玉江と紀伊に目を向ける。紀伊も微笑《びしょう》を浮《う》かべてうなずいた。

「弘徽殿にも、言わないでいてくれる？」

「言いませんよ。向こうにいたときから思っていましたけど、あそこ、一番うるさいところじゃないですか。あたしもうるさいほうですけど、あたし以上の人が大勢いたから、びっくりしましたよ」

おどけたような玉江の言い方に、紀伊がくすくす笑う。

……わたしの、女房。

そうか。自分は、ここの主になったのだ。

「さぁ、姫宮様。お顔を」

「……あ、うん」

純子は角盥の前に、膝を進める。

高倉と──玉江や紀伊たちも、これからは、自分にとって一番身近な女房なのだ。

それなら、味方でいてくれるだろうか。味方でいてほしい。自分が勝手に恋をしてはいけない立場だというのなら、なおのこと。

「……みんな、これからよろしくね」

純子は紀伊、玉江と視線を向け、そして高倉を見上げた。

「それから……昨夜、高倉に声をかけなくて、ごめんね。でも、これからも、宮様が来てくれたときは、呼ばないかもしれないから」

「……そのつもりでおります」

高倉が、あきらめ顔で嘆息する。玉江と紀伊は、そんな高倉の様子に、声を立てて笑った。

◇◇　　　◇◇　　　◇◇

夜明け間際に自邸《じてい》に戻《もど》った理登は、足元に火桶《ひおけ》を置き、横になって腕枕《うでまくら》で眠《ねむ》りこけている友人の姿を見て、ひとつため息をついた後、わざとらしく咳払いをした。

寝入《ねい》っているというより、うたた寝だったようで、直輔はすぐに目を開ける。

「……んぁ、お帰りでしたか」

「何をしているんだ、こんな時間に……」

「いやぁ、先だって高倉から宮宛《あ》ての文《ふみ》を預かったのを、すっかり忘れてましてね。急いで届けにきたんですが、あいにくお留守だったもんで」

直輔が起き上がりながら懐《ふところ》に手を差し入れ、たたんだ文を取り出した。

「……昨夜は宿直だ」

理登は受け取った文を手早く広げ、燈台《とうだい》の灯りにかざす。

純子が麗景殿に移ったら、宿直のさいに麗景殿を訪ねると、高倉に宛てた文を出してあったが、その返事だ。まだ女房も数人集めたばかりで落ち着かないから、こちらから連絡をするまで、訪問はもうしばらく待ってほしいと書いてある。

「……」

たったいま、訪ねたばかりだ。もう遅い。

理登は冷ややかな顔で、あくびをしている直輔を振《ふ》り返る。

「なるほど。……きみは、この文を読んだな」

「気が利《き》くでしょう?」

畳《たたみ》に胡坐《あぐら》をかき、直輔はにやりと笑った。

たしかに、昨夜の宿直の前にこの文を見ていたら、訪問は控《ひか》えていただろう。直輔はわざとこの文を渡さず、自分を麗景殿へ行かせたのだ。

理登は高倉からの文をたたんで、近くにあった文台の上に置いた。

「わかった。高倉には、きみの怠慢《たいまん》で文が届かなかったと言っておこう」

「素直に感謝してくださいよ……。会えたんでしょう？」

「逢えた。――用件は、忘れた文のことだけか？」

「ええ、まぁ。せっかくなんで、首尾《しゅび》よくいったのかどうかも聞いておこうと思ったんですけど、聞くまでもなかったみたいですね。御機嫌《ごきげん》で何よりです」

「……」

理登はあえて眉間《みけん》に寄せていた皺《しわ》を、さらに深くする。どうせ直輔は、からかいに来たのだ。それぐらいはわかっている。

直輔のいかにも面白がっているような顔は見ないように、理登は文台の前に座り、硯箱《すずりばこ》の蓋《ふた》を開け、墨《すみ》をすりながら、近くに控えていた女房たちに声をかけた。

「志摩を呼んでくれ。それから、私の『菊花《きっか》』の作り置きがあっただろう。半分ほど出してきてくれるか。白瑠璃《るり》の香壺《こうご》があったな。それに入れて」

「かしこまりました。贈《おく》り物でございますか？」

「そうだ。――ああ、志摩、そこにいたか。和泉典侍に、私からの礼だと、このまえ仕入れた沈香《じんこう》と丁子《ちょうじ》を、幾《いく》らか届けさせてくれ。それと……」

女房たちに様々な指示を出してから、理登が純子への文に使う紙を選んでいると、直輔が寒そうに火桶を抱《かか》えつつ、感心したようにうなずいた。

「ああ、なるほど……。和泉典侍を丸めこみましたか。宮にしては、やりますね」

「幾つか頼《たの》みごとをしただけだ。――きみにも頼みたいことはあるが」

「俺にですか？　へぇ、珍《めずら》しいですね。何です？」

「文使いを一人、貸してくれ。きみのところに、たしか姉が後宮で女孺《にょうじゅ》をしているという、子供の文使いがいただろう」

「小菊丸《こぎくまる》のことですかね。いいですよ。……ああ、そうか。あいつが姉に会いにいくふりをすれば、宮が女一の宮に文を届けられる、と」

こういうことには、本当に話が早い。

紅の薄様《うすよう》だけを何枚か取り出し、理登は横目で直輔を見た。

「……頼みごとだけして、手ぶらで帰らせるのも後が怖《こわ》いな」

「そこまで恩着せがましくないつもりですけどねぇ。……何か、女一の宮の情報でもあるんですか？」

「いや……」

理登は直輔から視線を逸《そ》らし、しかしすぐに顔を上げる。

「……ああ、そうだ。弘徽殿から麗景殿に、源大輔《たいふ》という女房が移ってきたそうだ」

話しながら、理登は選んだ紅の薄様の中から、さらに色の濃《こ》いものを抜《ぬ》き出した。

「たしか、かなりの老齢《ろうれい》だが、囲碁の強い女房で、私も一度、主上の御前《ごぜん》で対局したことがある。その源大輔は、弘徽殿の女御《にょうご》が入内《じゅだい》してきたときから、女房勤めをしているらしい」

「ということは、女一の宮がさらわれたときも――」

直輔が火桶を脇《わき》にどけ、身を乗り出してくる。

「そのとき宇治にいたかどうかはわからないが、当時の状況ぐらいは憶《おぼ》えているかもしれないな」

「……ちょっと、高倉に連絡してみます」

直輔はすぐに立ち上がり、文使いはあとで寄越《よこ》しますからと言って、出ていった。

直輔の姿が見えなくなってから、理登は小さく息をつく。

左大臣家が得ようとしているのは、誰が純子をさらったか、という情報である。

だから、本当なら伝えるべきだったのかもしれない。――純子は、さらわれたときのことを、いまも夢にみている、と。

……だが、悪夢だ。

怖い夢だと言っていた。できればみたくない夢、思い出したくない過去なのだろう。ならば、無理に聞き出そうとは思わない。いつか、純子がその過去と向き合わなくてはならない日が来ることでもあれば、それはそのときに尋《たず》ねればいい。

自分の腕にもたれ、まどろんでいた純子の姿が思い浮かぶ。

純子が穏《おだ》やかに眠れること。……自分にとっては、それが何より大事だ。

理登は選んだ薄様の一枚を文台に広げ、筆を取った。

◇◇　◇◇　◇◇

「うーん……」

寝所《しんじょ》の茵《しとね》に寝そべり、純子はただ一首、歌が記された紅の薄様を眺《なが》めていた。

今朝、理登がいつも身にまとっている「菊花」の香《こう》が、美しい白瑠璃の小さな壺《つぼ》に入れられて、約束どおり届けられた。

その香には、特に何も添《そ》えられてはいなかったのだが、あとになって、女房たちが周りに誰もいないときに、花野がこっそりと、紅の薄様が結ばれた、散り落ちる前の赤く色づいた桜の葉が付いた枝を、純子のもとへ持ってきた。

なんでも花野の弟が、とある公達《きんだち》に文使いとして仕えていて、その公達が、理登の友人なのだという。その花野の弟が、宮中にいる姉を訪ねるふりをして、理登からの文を届けてくれたのだ。

内緒《ないしょ》で届けられた文を、人前で開くのは何だか気恥《きは》ずかしくて、純子は女房たちに見つかる前に、急いで文箱に隠《かく》した。

隠したまではよかったが、一人のときに開けてみると、そこに書かれていたのは、和歌だけだった。困ったことに、自分は歌が苦手だ。自分で歌を詠《よ》むのはもちろん、書かれた歌の意味を読み解くのも苦手だった。

そんなわけで、純子は夜になっても、流麗《りゅうれい》な手跡《しゅせき》で記された理登の歌を前に、首をひねっていた。

女房たちは、とっくに休んでいる。釣燈籠《つりどうろう》の灯《あか》りだけが、暗闇《くらやみ》をぼんやりと照らしていた。

……やっぱり、高倉に訊《き》けばよかったかな……。

それとも、和歌が上手だという、源大輔に尋ねてみるか。いや、自分がことさらに苦手なだけで、実は玉江や紀伊でもわかるくらい、やさしい歌かもしれない。

両手で薄様を掲《かか》げたまま、純子は難しい顔で、寝返《ねがえ》りを打つ。

……宮様に、逢《あ》いたいな。

いっそ逢って、理登から直接、意味を聞きたい。何を自分に伝えようとしてくれていたのか。

でも、昨日の今日だ。宿直《とのい》は何日かに一度だという。待たなくては。

ため息をつき、今度は仰向《あおむ》けに寝転ぶ。

「……」

目が合った。……几帳《きちょう》の上から顔を覗《のぞ》かせている、理登と。

次の瞬間、純子はすごい勢いで跳《は》ね起きる。

「つえ――」

「静かに。……静かに」

理登は几帳を押しのけ中に入ってくると、袖《そで》で純子の口を押さえた。自分が焚《た》いたより強く、理登の香が匂《にお》う。

「……ど、どうして……」

袖が口から離れると、純子はすぐに、理登に詰《つ》め寄った。

「え、今日も宿直ですか？　でも、次の宿直は……」

「宿直ではない。……ただ、逢いにきただけだ」

……逢いにきた、だけ。

純子はぽかんと口を半開きにし——そして、理登の胸に飛びついた。その勢いで、理登は茵に尻餅《しりもち》をつく。

「姫宮……」

「あ、ごめんなさい。嬉《うれ》しくて……」

首をすくめ、体を離そうとすると、理登は微苦笑《びくしょう》を浮《う》かべて、純子を抱《だ》き寄せた。

純子は今度こそ、遠慮《えんりょ》なく理登の肩口に顔を埋《うず》める。

すると理登が、純子の肩をつついた。

「……何を持っている？」

「あ……」

理登からの文《ふみ》を持ったままだった。

純子は少し決まり悪そうに、上目遣《うわめづか》いに理登を見る。

「今朝、宮様がくださった文です。……わたし、歌がまだよくわからなくて……」

「読めなかったか？」

小さな声で、ごめんなさいと言うと、理登は少し困ったような顔をした。

「そうか。……だが、自分で詠んだ恋歌《こいうた》を自分で説明するのは、間が抜けているな」

「恋歌なんですかっ？」

「後朝《きぬぎぬ》の文は、普通《ふつう》、恋歌だろう」

「えっ……」

これは後朝の文だったのか。そこから気づいていなかったとは。

自分が情けなくなって、純子が肩を落とすと、理登は純子の髪を、やさしく撫《な》でた。

「意味は——歌の勉強をすれば、そのうちわかるだろう」

「……いま、教えてくれないんですか？」

「それは……」

ほんの少し眉根《まゆね》を寄せて、しばらく考えこみ——理登は、うなずいた。

「……わかった。姫宮が意味を読み解いて、私は、それで合っているか違っているかだけを、答えよう」

「え。……歌の勉強みたい」

「勉強だな。――恋歌というところまではわかったのだから、意味は解きやすくなっただろう」

「えーっ、そんな……」

唇を尖《とが》らせて、純子が理登の胸を叩《たた》く。理登はその手を摑《つか》み、指を絡《から》めた。

「間違ってもいいから、考えて、答えてみることだ。……いと」

耳元でささやかれ、名を呼ばれて、純子は理登の腕の中で身じろぐ。紅の薄様《うすよう》が、はらりと茵に落ちた。

「……これじゃ、考えられません……」

こめかみに口づけられ、純子は泣きごとを言うように声を上げる。

理登は純子を腕におさめたまま、静かに横になった。

「今夜のうちに、意味を解き明かせなくてもいい。……時間はある」

次の夜でもいいのだと――また、逢いにきてくれるのだと。

純子は理登の首筋に、頰《ほお》を寄せる。

ひと晩でも多く、できるだけ長く、こんな時間が続くように。

この秘めた夜が誰にも知られないようにと、純子は理登の胸で願っていた。

寒風にいよいよ紅葉も散り終え、その落ちた葉に霜の降る時季となっていた。

麗景殿に移り、ようやく落ち着いた暮らしを営みつつあった純子は、実は自身が、多くの者たちの様々な思惑の渦中にあることを、このときまだ知らなかった。

あとがき

こんにちは。またははじめまして。深山《みやま》です。

久々の平安時代ネタです。そして久々に新暦と旧暦のズレに四苦八苦しています。

「えーと、この場面は旧暦で八月半ばだから、新暦だとだいたい……あれ？　じゃあこの花、この時季には咲《さ》いてないいんじゃないの？」みたいなことは、毎度やっている気がします。


あき先生。前作に引き続き、素敵《すてき》なイラストをありがとうございました！

担当様。またしても余裕《よゆう》なくてすみませんでした。

この本をお手に取ってくださいました皆様、ありがとうございます。次巻でお目にかかれましたら幸いです。

深山くのえ

※本書のご感想をお寄せください。　〒101－8001　小学館ルルル文庫編集部気付
深山くのえ先生　**あき**先生

小学館ルルル文庫

隠れ姫いろがたり
—紅紅葉—

2015年 8月31日 初版第1刷発行

著者 深山くのえ

発行人 立川義剛

責任編集 大枝倫子

編集 楠元順子

発行所 株式会社小学館
〒101-8001 東京都千代田区一ツ橋2-3-1
編集 03(3230)5455 販売 03(5281)3556

印刷所
製本所 凸版印刷株式会社

ISBN978-4-09-452309-6

第10回 小学館ライトノベル大賞 ルルル文庫部門

応募要項が変わりました！
講評シートをもらって
改稿するチャンスが増えました!!
ルルル作家を目指す方、大募集!!!

賞金（部門別）

ルルル大賞
200万円＆
応募作品での文庫デビュー

ルルル賞
100万円＆デビュー確約

優秀賞…50万円

奨励賞…30万円

読者賞…30万円

第一期▶~~2014年10月1日—2014年11月30日~~（終了）
（講評シートは2015年1月末発送済み）
第二期▶~~2014年12月1日—2015年2月28日~~（終了）
（講評シートは2015年4月末発送済み）
第三期▶~~2015年3月1日—2015年5月31日~~（終了）
（講評シートは2015年7月末発送予定）
最終締め切り▶2015年9月30日
（但し、講評シートの発送はありません）

一度ご応募いただいた作品は、講評シートの希望の有無にかかわらず、本賞の応募作品として受理させていただきます。

結果発表まで、他社・他賞へのご応募はご遠慮ください。


希望者全員に講評シートをお送りします!!

締め切りまでに、講評シートをもらえるチャンスが3回あります！

この講評シートをもとに応募作品を改稿して、締め切りまでに何度でもご応募いただけます（二重投稿には該当しません）。

前回の講評シートの番号を明記の上、再度ご応募ください。

内容
中高生を対象とし、ロマンチック、ドラマチック、ファンタジックな、恋愛メインのエンターテインメント小説であること。ただし、BLは不可。商業的に未発表作品であること。（同人誌や、営利目的でない個人のWEB上での掲載作品は応募可。その場合は同人誌名またはサイト名、URLを明記のこと。）

選考
ルルル文庫編集部

資格
ルルル文庫で小説家として活動していきたい方
プロ・アマ・年齢不問

原稿枚数
A4横位置の用紙に縦組みで、1枚に38字×32行で印刷し、100～105枚程度。

手書き原稿は不可。

応募方法
次の4点を番号順にひとつに重ね合わせ、右上を必ずひも、クリップなどで綴じて送ってください。

講評シートをご希望の場合は、82円切手を貼って住所宛名を書いた定形の封筒（最大23.5cm×12cm、最小14cm×9cm）も同封してください。
❶応募部門、作品タイトル、原稿枚数、郵便番号、住所、氏名（本名、ペンネーム使用の場合はペンネームも併記）、年齢、略歴、電話番号、メールアドレスの順に明記した紙
❷800字以内であらすじ
❸400字以内で作品のねらい
❹応募作品（必ずページ番号をふること）

締め切り
2015年9月末日（当日消印有効）

発表
2016年3月末、小学館ライトノベル大賞公式WEB（http://lululubunko.jp/）およびルルル文庫3月刊巻末にて。

応募先
〒101-8001 東京都千代田区一ツ橋 2-3-1
小学館 第四コミック局
ライトノベル大賞【ルルル文庫部門】係

注意
○読者賞と他賞をダブル受賞した場合の待遇は、上位の賞に準じます。○応募作品は返却いたしません。○選考に関するお問い合わせには応じられません。○二重投稿作品はいっさい受け付けません。ただし、講評シートに従って改稿したもののみ受け付けます。○受賞作品の出版権及び映像化、コミック化、ゲーム化などの二次使用権はすべて小学館に帰属します。別途、規定の印税をお支払いいたします。○応募された方の個人情報は、本大賞以外の目的に使用することはありません。○事故防止の観点から、追跡サービスなどが可能な配送方法を利用されることをおすすめします。○作品を複数応募する場合は、1作品ごとに別々の封筒に入れてご応募ください。